書下ろし

ハニー・ハンター

憑依(ひょうい)作家 雨宮縁(あまみやえにし)

祥伝社文庫

Contents

プロローグ

ブブーッ、ブブーッ、とバイブレーションが鳴る。その振動でスマホがテーブルを移動していく。しばらくするとピタリと止まり、また、ブブーッ、と振動を始める。

オレンジ色の夕陽が店内に差し込んで、テーブルの四角い影が床に伸びている。またもブブーッと音がしたとき、女は細い指でスマホを掴み、確認してからテーブルに戻した。スタスタと店内を進んで掃除用具入れのドアを開け、モップと箱を持ってくる。乾いたモップで床を拭き、付着した埃はゴミ箱代わりの段ボール箱へ振り払う。

ブブーッ、ブブーッ。

再びスマホが鳴り出した。女はスマホに背中を向けて、今度はウエスを持ってきた。各テーブルに載せてある紙ナプキンや砂糖壺や塩入れを避け、Ｚ字に拭いて、次へ行く。窓際のテーブル席は、ガラス窓に貼られた看板文字が映っている。通り向かいのビルの後ろに、今しも夕陽が沈もうとしているからだ。

紫とピンクのシートで、『カラオケバー・ＭＩＹＡＢＩ』と貼られた文字が安っぽい造りの店に郷愁のようなものを漂わせている。女はまだ若いのに、店は数十年を経過している。内装も設備も古臭く、昭和の終わりに迷い込んだような錯覚をさせられる。

ブブーッ、ブブーッ……。

「ああもう、うるさいっ!」

女は戻ってくるとスマホをひったくってメーラーを開いた。

——既読スルーか　ふざけんな　その店にいくらつぎ込んだと思ってんだ——

——無視するつもりか　アバズレ　淫売　クソビッチ——

見るに堪えない言葉の羅列が目に飛び込んできて、彼女は髪を掻き上げながら、受信したすべてのメールをゴミ箱に放った。今度はスマホをカウンターに載せ、腕まくりをしてシンクを磨く。経年劣化で輝きを失ったシンクだが、磨けば相応に清潔感が出る。ブブーッ、ブブーッ、蛇口を開いて水を出し、激しい水音で着信音を消した。

女の腕には蛇とタランチュラのタトゥーがあるが、それに反して顔つきはまだ幼い。栗色のロングヘアで、全身黒っぽいタイトなファッションだが、羽織っているダメージニットのジレだけが目の覚めるような赤色だ。化粧は濃く、唇の両脇にボディピアスを、右瞼にはアイリッドと呼ばれるピアスをしている。瞼自体に穴を開け、小さなリングを下げているのだ。

通り向こうのビルに広告サインの灯が点り、建物の隙間の空が茜と藍に暮れていく。女は時計を確認し、倉庫からビールを運んでくる。冷蔵庫のビールを出して冷えていないビールを奥に入れ、手前に冷えたビールを戻した。ブブーッ、ブブーッ、着信はまだ続いている。

「あーっ、もうっ……なんなのよ」

カウンターからスマホをひったくり、忌々しそうに唇を嚙んで返信した。

――二度と連絡してこないで　店にも顔を出さないで　来たら警察呼ぶからね――

親指が曲がるほど強く送信ボタンを押した。そしてそのまま数秒待った。

返信はない。

「まったく」

と、吐き捨ててスマホをポケットに入れたとき、今度は着信アラームが鳴り出した。メールではなく入電だ。その番号は見知らぬもので、アイコンも出ていない。首の後ろを掻きながら面倒臭そうに受信すると、

「馬鹿にしてんのか」

と、怒りに満ちた声がした。

「殺してやる」

女はハッとして顔を上げた。相手は近くから電話をかけてきたかもしれない。そう考え

ると恐怖が募り、スマホを放って入口へ向かった。

ブブーッ、ブブーッ、再びバイブが震え始める。

老朽化したビルは階段も通路も薄暗く、セキュリティや防犯設備が整っているとは言い難い。開店と同時に客が来るのは稀だけど、客を逃さないようドアはいつでも開けてある。カウンターの椅子を手でどけて、レジ脇の細い隙間を通り、傘立てに躓きながらもドアノブに手を伸ばしたとき、おもむろに扉が開いて、誰かが店に入ってきた。まだ照明を点けていない店内は暗く、その者は廊下の照明を背負って影にしか見えず、無言で立っている姿が不気味だ。女はすくみ上がったが、そいつは襲いかかって来るふうもなく、静かに店に入ってきた。カサカサと異様な音がしたけれど、顔も表情もわからない。

「……あの」

と、女が言ったとき、そいつはふいに突進してきた。

ドン！　衝撃と同時に焼け付くような痛みを感じ、パニックで頭の中が真っ白になる。なにが起きたかわからないのに、再びドン！　と体が当たり、今度は内臓がねじれた気がした。喉にこみ上げてくるものがあり、たちまち肺が血で満たされた。女は床にくずおれて、そのまま仰向けにひっくり返った。ゴボゴボと喉が鳴り、呼吸しようとして血を吸い込んだ。溺れていく。

見上げると、カウンター上部の照明が相手の姿を照らしている。

それは異様な風体だった。服装は、わからない。頭からスッポリと黒いビニール袋をかぶっているから。目の部分だけが破れていて、カウンター照明の光が眼球に当たっている。カサカサと鳴っていたのはビニール袋だ。たぶん、返り血を浴びないために、それをかぶって入ってきたのだ。

「おまえのせいだ……おまえが八方美人だから」

冷たい声が降ってくる。呼吸するたび血を飲んで、彼女は口から血を吐いた。

なんで？　どうして？　助けて誰か……救急車……。

そこで意識は途切（とぎ）れてしまい、伸ばした腕が床に落ちた。

足下に転がる女の死体を見下ろして、犯人は血しぶきを踏まないように気をつけながら頭部へ回った。女は腹と口と鼻から血を噴（ふ）いているが、着ているものが血を吸い込んで、まだ床にまで流れていない。しゃがみ込んで女の顔をじっと見る。驚愕（きょうがく）と絶望が貼り付いた女の瞼に、銀のアイリッドが光っている。

「身（み）の程（ほど）知らずが……いい気になるから」

動かぬ死体に囁（ささや）くと、手袋をした手で瞼に触れた。アイリッドの金具を上に引っ張ると、犯人は装飾品ごと女の瞼を切り取った。手袋と手の隙間に押し込んでから、立ち上がって手袋を裏返し、黒いビニール袋を脱いだ。裏返してすべてを丸めると、服をめくって腹部に隠し、ドアノブを体で押して出ていった。

カラオケバー・MIYABIの窓には非常灯の明かりとカウンターの照明だけが透けている。

通りをやって来た常連客が窓を見上げて「あれ？」と呟く。

「都美ちゃん、今日はデートかな？　それとも寝坊したのかな」

そして店が開くまで、もう一杯引っかけてこようと去って行く。

酒が回ればすべてを忘れ、酔いに任せて気のむくまま家路につくのだ。

若い経営者を襲った不幸は誰の目にも触れぬまま、数日程度が経過していった。

第一章　縁と庵堂

遠い記憶の中でもロサンゼルスは雨だった。

どんよりと濁った夜で、市場の明かりも疾うに消え、窓に塡められた鉄格子の奥で蛍光色の落書きだけが異彩と存在感を放っていた。

その夜、庵堂貴一はクサクサとして酒を呑み、その結果、回避能力や防衛本能が欠如して、リトルトーキョー内でバス停を探していたはずが、進みすぎてスキッド・ロウに踏み込んだのだ。

ビニールパーカのフードを叩く雨音が姦しく、空っぽの胃袋で強い酒が燃えていた。気温が下がって吐く息は白く、シューズの結び目から入った水が足の裏でクチャクチャと音を立てていた。周囲の様子が一変してようやく、庵堂はスキッド・ロウに入ってしまったことを悟った。彼は俯いて、立ち止まることをせず、両手をポケットに突っ込んだまま先を急いだ。

酩酊感は瞬時にして押しやられ、強い危機感が浮上した。頭の一部が妙に冴え、雨粒がスローモーションのように光って見えた。

ハーレールーヤ！　ハーレエールゥーヤー！

歩道に立った老人が諸手を挙げて叫んでいる。車道の真ん中に人影があり、その人物は立ったまま、手押し車に積んだ荷物が濡れるに任せて動けなくなっていた。

スキッド・ロウではそういう人があちこちにいる。助けを必要としているわけではなくて、薬でハイになっているか、酔って動けないだけなのだ。手押し車にあるのはガラクタばかりで、雨に濡れても困らない。ゴミと同じで関わっても実入りがないし、スキッド・ロウの住人たちもそうした者らに関心がない。

けれども『外』から来た者ならば話は別だ。外部の者と知られたら最後、よってたかって身ぐるみ剝がされ、辛うじて命だけを持ち帰る羽目になる。部外者は昼でも夜でも大抵同じ目に遭うが、夜は命を持ち帰ることすら危うい。ここはそういう地区なのだ。だから迷ったように足を止めて周囲を見回したりしてはならない。

庵堂が行く先は、歩道にテントが並んでいる。内部に仄かな明かりがあって、住人たちの影法師が映り込んでいる。狭いテントに身を寄せ合った家族の影は息を潜めて動かない。動けば腹いせのためにわけもなく襲撃されると知っているのだ。

入口を跳ね上げたテントの下で、コートを着込んだ黒人男性が焚き火をしている。シートから滴る雨を一斗缶に溜め、焚き火に載せた空き缶で、湯気の立つなにかを作っている。

俯いたまま脇を通ると、暗がりにギョロリと白眼が光った。

ハーレールーヤ！　ハーレェールゥーヤー！

シャワーのように雨を浴び、老人が叫んでいる。

四つのタイヤが外されて、ボンネットも剝ぎ取られ、オブジェのようになった自動車の向こうに人影がある。獲物を狙うライオンよろしく、息を潜めてこちらを窺う。

テントの群れは通りに沿って並んでいる。廃墟さながらのビルの足下を占領し、歩道を埋め尽くして車道にまではみ出している。酔い潰れた人間の屍よろしくゴミやガラクタが散乱し、それが雨に叩かれて饐えた臭いを放っている。ボクサー犬の野良犬が残飯を漁るすぐ脇で、壊れた雨樋から噴き出す水が誰かの吐瀉物を洗い流していく。石畳に背中を預けて雨宿りをしている男はジャンキーだろう。両膝を抱えて震えながら、死神のような表情で庵堂を見上げた。

街灯の下に立った女が、でかい尻を振りながら股間に手を当てて手招きをする。

庵堂は目を逸らし、歩道から車道に下りて先へ行く。その時だった。

いきなり肩を摑まれて、引かれた途端にパンチを食らった。相手の拳はフードをかすり、角が当たって庵堂の唇が切れた。庵堂は咄嗟に両脚を踏ん張ると、ファイティングポーズを取って相手を見やった。

ガタイのいい男が三人。ツバを吐きながら怒鳴っている。早口だし、訛りがあって、なにを言っているのかわからない。察するに、身ぐるみ脱いで置いて行けと言っているようだ。小刻みに体を揺らしてステップを踏み、切り出しナイフを見せびらかしてくる。ジャップと罵る声がして、そこだけが酔った庵堂の耳に響いた。

庵堂はフードを脱いだ。視界が利かなくなるからだ。

焚き火で料理していた黒人がテントの中へ逃げていく。

街灯の下の娼婦は両腕を振り回して奇声を上げた。どっちが勝ってもあたしが相手をしてやるよ！　と、言っているように聞こえた。

刃物を見ても庵堂が怯まなかったので、暴漢どもは一瞬顔を見合わせて、一人が地面にガムを吐いた。その瞬間、庵堂は凶器を持った男に突進し、ナイフごと腕を摑むや返す肘を顔面に喰らわせた。地面に落ちたナイフも蹴り飛ばす。暴漢は鼻が折れ、前歯が欠けて血を噴いた。彼を放した瞬間に、庵堂は背後から拘束された。庵堂は全身の力を抜くと、崩れると見せかけて敵の顔面に後頭部をぶち込んだ。正面からきた暴漢のパンチは躱したが、鼻折れ男の蹴りを鳩尾に食らった。

酒混じりの胃液を濡れた地面に吐いたとき、なにかが、庵堂の中でプチンと切れた。

そこから先は覚えていない。殴って、殴られ、殴り倒して、路上に倒れた相手の指や腕を折った気がする。歯が当たって拳が切れたので、頭突きで顔面を潰し、気がつけば一人の男に馬乗りになって殴っていた。振り上げた拳から血が滴って、自分の血なのか相手の血なのかわからない。目の下が腫れていく感覚があり、塩辛い血の味がした。

手を出したのはそっちが先だ。おまえらが俺にしようとしたことだ。喰らえ！

男は怯えきった目をしていた。屠られる動物のような目だ。

情けなくて、惨めで、虫唾が走る。その目を潰してやろうとしたときに、

「死んじゃうよ」

と、日本語が聞こえた。

庵堂はその声で一気に現実に引き戻された。凶器を持った暴漢よりも人を殺しそうな自分自身に背筋が凍り、動きを止めて、容赦なく目に流れ込んでくる雨越しに声の出所を探した。遠くではない。記憶の中でしたのでもない。声は確かに近くで聞こえた。

庵堂と暴漢がもつれ合っている車道の脇、わずか十数センチの縁石ブロックに腰掛けて、ずぶ濡れの少年がこちらを見ていた。

「アナタのお父さんは、きっと泣いてる」

少年はまたも日本語で喋った。水を吸った髪を顔に貼り付け、寒さのせいで蒼白になりながら、庵堂と目が合うと微かに笑った。

……てめえ……。

た。
庵堂は口の中で呟き、その瞬間、馬乗りになっていた男に振り落とされて尻餅をつい
男は四つん這いになって逃げ、離れた場所で待っていた仲間たちに抱えられて去ってい
く。もはや雨はザーザー降りで、街灯の下の娼婦も、ハレルヤの声も消えていた。濡れた
地面にテントの明かりが映り込み、ビルも夜空も一緒くたになって、少年の姿も雨に霞ん
だ。
尻餅をついた途端、庵堂は体が痛んだ。拳の頭は割れて血を噴き、肋骨にヒビが入った
ようだった。パンチを浴びた頰が腫れ、ジンジンとした熱さを感じた。
少年は立ち上がって庵堂の近くへ来ると、体を丸めて道路にしゃがんだ。
互いに濡れ鼠で、動けば濡れた衣服に体温を感じる。
幽霊じゃない。と、庵堂は、少年を睨んで思った。
「……こんなところまで追って来やがったのか」
少年は目を細めてみせた。
「だって……放っておいたら、アナタは自分を殺すでしょ？」
そう言って彼が差し出したのは切り出しナイフで、暴漢が持っていたのを蹴り飛ばした
ヤツだった。畳んだナイフを握る手は、ギュッと摑めば肩から抜けそうなほど華奢だ。
庵堂はナイフを摑んで唇を拭い、口中にたまった血を地面に吐いた。そこには欠けた歯

が何本も落ちている。シンナーや薬物のやり過ぎでボロボロになった暴漢どもの歯だ。

「ずっと後をつけていたのに、飲み過ぎでわからなかったんでしょ」

少年がハンカチを出したので、ひったくって血を拭い、ついでに顔をゴシゴシ拭いて、彼に返した。少年は無表情のまま受け取って、それを上着のポケットに入れようとした。

「いや、待て。返せ」

自分のものでもないのにそう言うと、少年は素直にハンカチを渡した。

庵堂はそれで腫れ上がった拳を縛った。

「俺の血が付いてるからな。何に使われるか、わかったもんじゃない」

「そんなに警戒しなくても、アナタを陥れたりしないのに」

「なんだかな……わかるもんか」

吐き捨てて、立ち上がり、歩き始めると彼もついてきた。

「あのね。話があったんだ。庵堂さん……ぼくを手伝ってくれないかな」

「ケッ」

庵堂は再び地面に血を吐いた。酔いがすっかり醒めた代わりに、体が冷えて凍えそうだった。人通りは全くない。テント内の明かりも消えて、まばらな街灯の光が水鏡に映り込んでいる。車道を車が通ったので、二人は歩道の壁際に寄った。

「よくもそんなことが言えたものだな。テメエに協力する義理はない」

庵堂と同じ歩調で歩きながら、少年が言う。

「義理とかじゃなくて、取引ならどう？」

カチンときた。

刹那、庵堂は少年の細い首を手のひらで押し、ブロックの壁に吊し上げていた。衝撃で少年の服がめくれて腹が見え、人という字にそっくりの醜い傷跡が露わになった。ハッとして庵堂は手を放し、少年はニタリと笑った。

「取引といっても、ぼくに払えるお金はないよ？　ぼくにそんなお金はない……って、知っていると思うけど……でも、報酬はきっちり払う」

「はっ、どうやって？」

見下すように訊いてみた。うんざりなんだよ。死神みたいに俺をつけてきやがって。

少年は乱れた裾を引っ張り下ろし、両手で髪を掻き上げてから、透き通るような目で庵堂を見上げた。

「報酬はぼく。すべて終わったら、ぼくはあなたに殺されてあげるよ」

その眼差しにゾクリとしながら、庵堂は顔をしかめた。

「……バカを言え」

「本気だよ」

と、少年は応えた。

「ぼくは存在しない人間だから、殺しても庵堂さんは罪にならない。それに、あなたはぼくが憎いよね？　わかってるんだ。憎いって」

「バカを言え」

　と、庵堂はもう一度言った。

　こんなやつ、振り切ってしまえばいいと思うのに、なぜなのか、それができない。瞬きもせずに見つめてくる真っ直ぐな目。その奥に燃えている青白い炎。ゾッとすると同時に血が騒ぐ。少年の持つなにかが庵堂を凍えさせていく。

「そのときになったらぼくは逃げない。黙って庵堂さんに殺されるから」

　挑発的で美しい顔に耐えきれず、そんな自分に吐き気がして、庵堂は切り出しナイフの刃を立てた。それを少年の頬に押し当てて再び壁に追い詰める。

「……前払いってのはどうだ？」

　頬が切れて血が滲む。少年は怯えもしなければ叫びもしない。もう一筋の血を確認してから、庵堂は少年を解放し、そして、自分でも信じられない言葉を吐いた。

「本当だな？」

　約束する、と少年は言った。なんの抑揚もない声で。

　庵堂の胸に少年の怒りが染みてくる。あまりにも静かで深く、むしろ底冷えがするようで、庵堂の爆発するような怒りのエネルギーを相殺していく。

俺は……と、庵堂は考えた。

俺は心底怒っていた。激情に呑み込まれて暴れていた。でも、こいつはそうじゃないのかもしれない。もっと深く、陰湿に且つ冷静に、青い炎を燃やしていたのか。

少年の目は瞬きをしない。スキッド・ロウに降る雨が、瞳の表面を流れていく。こいつなら、どうやって復讐を果たすのだろう。こいつなら、もしかして本当に、それをやり遂げてしまうだろうか。こいつなら……この、薄気味悪いガキならば。

庵堂は彼に囚われた。ガラス細工のような首根っこを摑んで抱き寄せ、広げたビニールパーカで彼を包んだ。そうして庵堂は少年と共にスキッド・ロウを抜け出した。

見上げた空に雨粒が放射状に光っていたこと。濡れた地面を踏みつける靴の音。強引に停めたタクシーにシートが濡れると文句を言われ、多めにチップを払ったこと。

今もあのときのビジョンが蘇る。

俺はスラムで悪魔を拾った。

いや違う。悪魔が俺を追ってきたんだ。

俺の心の闇を知り、僕にしようと追ってきた。運命は、初めから決まっていたのだと思う。親父がこいつを連れてきたときから。俺がすべてに反発し、逃げ出すことで罪を犯したあの日から。

庵堂は目を開けた。自分の部屋のベッドではない。仕事をしていてうたた寝したのだ。外で激しい雨音がする。それが夢を見させたのだなと思う。時計を見ると深夜の二時で、目をしばたたきながら首を回して、手刀でトントンと項を叩いた。

庵堂の前には人頭のレプリカが並んでいる。どれもまったく同じ顔だが、薄いラテックスを貼ることで、男にも、女にも、老人にもなる。部屋にはまた幾つもの水槽があり、エアレーションされた溶液のなかで人工皮膚が生成されている。

もともとは、火傷などで失われた表皮を再生させようと、庵堂の父親が研究を始めたものだった。父親は優秀な外科医だったが、外科手術で救える疾患の限界を感じてもいた。たとえばひどい熱傷で表皮を失うと、ケロイド状の皮膚が突っ張って痛むほか、外部の刺激に対して虚弱になる。日に何度も患部に軟膏を塗るなどケアしなければならないし、その度に患部を剥き出しにする心理的な負担も大きい。もちろん見た目の問題もある。父親はそうした患者を救いたいと考えていた。それどころかあの人は、あらゆる患者を救いたいと願う人だった。

庵堂がいるのは研究室のような部屋で、壁に医学博士庵堂昌明の資格証明書や表彰状の数々が飾られている。本人の肖像写真も貼ってある。写真は一度破かれた跡があり、糊で補修して額に入れられている。白髪で端整な顔立ちとはにかんだような微笑みが、人となりを表している。

いつかは彼を手伝って、苦しむ患者に光を与えたいと考えていた。それなのに、敬愛するあまり彼を憎んだ。心に怒りをため込んで、本当に憎むべき相手より目の前に存在する者を憎んだ。

庵堂は別の場所に目を移す。

作業台ではなく、窓の下に置かれたチェストの上だ。窓は防犯用の網入りガラスで、外部からの侵入を防ぐため窓枠に鉄格子を塡め込んである。チェスト自体はマホガニー製の高級品で、そこに写真が置かれている。月光を人に置き換えたかのような女性の写真だ。写真の前に一輪挿しがあって、桜の小枝が挿してある。間もなく花が咲くだろう。

庵堂は固く目を閉じた。酷い自己嫌悪は今もときおり、しかも突然襲いかかってくる。父親のことを誰より理解していたはずなのに、殺人も自死も信じて荒れ狂い、体中から棘を生やして近付く者を傷つけた。愚かで幼稚な行為だった。そうやって父親に復讐した気になっていた。

世界は一瞬で変わりうる。信念が崩壊すれば足場を失い奈落へ墜ちる。もしもあの夜、スキッド・ロウで少年に会わなかったら……庵堂はブルンと頭を振って、人頭のレプリカを見た。

同じ顔をした首が、テーブルに幾つも並んでいる。

立ち上がり、皺だらけの老人に化けたレプリカに手を置いた。装着する人物が最近少し痩せたので、若干の修正が必要になったのだ。ピンセットで皺の部分を剝ぎ取っていると、コンコンとノックの音がした。溜息交じりにピンセットを置いて、ドアに向かった。

半透明のビニールシールドをめくってドアの前に立ち、作業は終了だなと考える。ドアを開けると、灰色のカラーコンタクトをした少年が立っていた。

ずぶ濡れでスキッド・ロウの縁石に腰掛けていた彼を思い出す。

「もう二時ですよ？」

と、眉をひそめて庵堂は言った。外は風が強いのか、雨粒が建物に当たる音が、ときおり強く響いて聞こえる。バタバタ、ザーッ！　バタバタ、ザーッ……。

「アナタこそ」

その喋り方は『キサラギ』だ。もちろん本名であるはずもない。銀の髪に白い肌、白いシャツに白いパンツ、灰色の瞳のキサラギは、ミステリー作家雨宮縁が生み出したサイコパスの少年だ。

雨宮縁はいくつかのシリーズを抱えているが、どの作品を書く場合でも、自ら主人公になりきって執筆をする。キサラギは『サイキックシリーズ』の主人公だった。

「夜中まで根を詰めても、いいものは書けないんじゃないですか？　改善しないと本丸を叩く前に死にますよ」

「そうなったらアナタが困るね」

キサラギはニヤリと笑った。

「大丈夫。今夜はもう書かない。それよりも……これを見て」

鼻先にスマホを突きつけてくる。ネットニュースの速報だった。

「やっぱり、動き出したみたいだよ」

と言うので、庵堂はスマホを手に取った。

カラオケバーの若い女性経営者が何者かに殺されたという記事だ。

女性経営者は池田都美という名で二十五歳。店は個人経営で、アルバイトなども雇っていなかったために発見が遅れたと書いてある。第一発見者はガスの検針員で、検針票を置きにきて異臭に気付き、無施錠のドアを開けて血塗れの遺体を発見し、警察に届けた。体には二箇所の刺し傷があり、死後一週間ほどが経過していた。カラオケバーはビルの三階で、店舗の窓に明かりがなかったため、常連客は休業していると思ったらしい。店内には被害者の携帯電話が残されており、履歴を確認したところストーカー被害に悩まされていたことがわかった。

庵堂は縁にスマホを返した。

「なぜこれがアカデミーがらみだと思うんです」

『アカデミー』は『帝王アカデミー』を指す。高度な医療技術と、それを活用できる特殊施設、人材育成のための大学を持つ民間の医療機関だ。生前は庵堂の父親も帝王アカデミーから声を掛けられていた。

庵堂は部屋の電気を消して、キサラギを廊下に押し出した。足元灯の下には空気取りの窓がついている。網入りで半透明のガラス部分に、跳ね上がった雨粒が透けていた。

「サーチしたから」

廊下に出されてもスマホを操作し、キサラギは若い女性の画像をモニターに呼び出す。加工された画像の被害者は目と瞳が異様に大きくて、のっぺりとした肌が白磁のようだ。栗色の長い髪、唇の両脇にピアスを光らせて、右の瞼に指輪のような飾りをぶら下げている。それが自慢だったのか、目元のみを大写しにした画像が何枚もある。ピースサインを送る腕にはエグいタトゥーが入っていて、タランチュラと蛇の絵柄のようだった。

「病んでますね」

庵堂は吐き捨てた。暗い廊下は足元灯だけが点いている。雨が止む気配はない。

「SNSを確認すると、この被害者もファンが多かったんだ。ごく狭い世界のアイドルだよね」

庵堂に押されるようにして歩きながらキサラギが言う。カラコン以外の変装はないが、全身からにじみ出るオーラはキサラギのものだ。不穏で、冷たく、アンドロイドのような気配。微かに足を引きずりながら、少年の薄い体が先を行く。

「執筆は進んでいるんですか」

庵堂は話を逸らした。

「まあまあ」

「第一稿の〆切りまで、数日しかありませんが」

「ボクは後半にスピードアップするタイプだから」

「ネットの事件を調べている暇などないのでは？」

「……ダイジョウブ」

気怠そうに言うと、キサラギは振り向いた。その瞬間の気配が人のものではない。庵堂は、とてもよくできたカラクリ人形と対峙している気になった。

「これで四人目だと思わない？　最初の事件は十二月十二日。上野で居酒屋の女性アルバイトが殺された。次が一月の十二日。浅草で地下アイドルが殺された。二月九日にはスポーツジムのインストラクターが横浜で。今度は埼玉でカラオケバーの経営者。被害者は全員が看板娘で、ストーカー被害の痕跡があり、二度刺されてる。共通点がこんなにあるのにメディアが事件の詳細を書かないわけは、ほかに隠された共通の手口があるせいだと思うんだ。連続殺人事件なんて書いちゃうと、世間が大騒ぎになるからね」

「大騒ぎさせたいんですか？」

庵堂が訊くと、キサラギは、

「まだだよ――」

と、言った。

「――でもさ、幸運なことに地下アイドルの事件だけは、都内で起きているんだよ」

「また警視庁の刑事を動かす気ですね」

キサラギは笑っている。肯定したということだ。溜息を吐いて、庵堂は言う。

「連続殺人と決まったわけじゃないでしょう？　今の根拠は、被害者にファンが多かったということだけで」

「うん。だから根拠を揃えないとね。カラオケバーの事件は起きたばかりで、現場へ行けばネタが拾える。そう思わない？」

「そんな暇はないでしょう、〆切りが」

「ボクを誰だと思っているの」

と、キサラギが作家の表情を作って訊ねる。加工画像でもないのに白磁でできたビスクドールのようである。

誰だと思うか、だって？　それはこっちが訊きたいよ。庵堂は心で呟く。

近くにいるほど混乱し、こいつが何者か忘れそうになっていく。あるときは傾いた和服老人の大屋東四郎。あるときは黄昏のマダム探偵響鬼文佳。そしてキサラギ。最近はさらに、女子高生片桐愛衣という新しいキャラクターが加わった。

雨宮縁の体には、次々に別人格が憑依する。それは、まるで、本人のままでいるのを怖れるかのように。

「心配いらない。集中すれば三日で書ける」

「書き上がるまで外に出しませんよ」

冷たい口調で釘を刺すと、キサラギの顔で縁は笑った。三日月のような口をして、灰色の瞳を光らせて。

「わかった。アナタはとても優秀な秘……」

言い終わらないうちに腕を摑んで、庵堂は、そのまま廊下を引っ張って行く。

「優秀な秘書をやるのも大変なんだよ。頼むから寝てくれ。俺との約束を果たす気があるなら」

縁の部屋のドアを開け、薄い体を押し込んだとき、一瞬だけ素のままの縁が振り向いた。

ああ、こいつはこういう顔だったなと思う。

「約束は守るよ」

と、縁は言った。

「だけど、すべてが終わってからね」

庵堂は、あれ以来ずっと、今も自分はスキッド・ロウで雨に打たれているのではないかと思うことがある。凍るような雨は肌に染み込み、内臓どころか心も冒す。すべてが終わり、縁の首を締め上げて、手の中で命が奪われていく感触と、エクスタシーを味わうことを想像してみる。

それで俺は救われるのか。救われるのは、こいつだけではなかろうか。

ドアが閉まって少年は消え、庵堂は廊下に残された。右も左も薄暗い。空気は湿り、天井に闇が張り付いて、夜の気配がはびこっている。

庵堂は立ったまま目を閉じた。

そのとき自分はどうするつもりか。答えはまだ出なかった。

第二章　緊急刊行『スマイル・ハンター』

総合的で幅広いジャンルの出版を手がける黄金社は、神保町に本社ビルを構えている。

ミステリー作家雨宮縁はこの出版社の新人賞からデビューした。縁を担当する編集者は真壁顕里というベテランで、黄金社のノンフィクション部門に籍を置く名物編集者だ。もともとはドル箱の文芸局にいたのだが、『出版界にいる者として、売れ行きに関係なく、残すべき本を作るのだ』という矜持のもとに、ここしばらくは妙なノンフィクション本ばかりを作っている。

そんな真壁が新人作家雨宮縁の担当編集に就いたのは、ほんの偶然からだった。

と、真壁自身は思っていた。年に一度の新人賞は、社内の編集者が手分けして応募原稿を読む。かといって『原稿だけ読む日』があるわけではないから、通常業務の間に時間を捻出しつつ、手分けして読むのだ。応募原稿の大半は小説の体を成していないので、黄金社では選者の労力とならないようにそれを振り落とすと同時に、万が一にも希有な才能を取り逃がすことがないように、最低三回は別の編集者が読んで評価を下す。こうして勝ち残った原稿が、二次選考、三次選考へと進んでいくのだ。公募の時期には各編集者のデスクに箱が置かれて、ランダムに配布された応募原稿が積み上がっていく。

雨宮縁の原稿は真壁の箱に入っていた。そして読んだ瞬間、真壁は編集者としての血が騒いだ。雨宮という作家の、どこか偏屈で人を喰ったところに惹かれ、この新人を育てるのは俺しかいないとまで感じた。真壁は結果発表前の原稿を上司にも読ませ、賞を逃した場合は自分が担当になって本にしたいと直訴した。その思惑とは無関係に縁は受賞し、当初は文芸局の編集長が担当に就いた。作家と編集者は共に作品の要である。作家が馬なら編集者は騎手で、力量と行く先を見極めてよりよい方向へと作品を誘導していく務めが編集者にはある。雨宮縁という新人には自分こそが相応しい。諦めが付かない真壁は初顔合わせに同行し、そしてまんまと担当になった。

ただし、編集長がその役を真壁に振ったのは、雨宮縁が筋金入りの変人作家だったからでもある。縁と初めて会ったときの衝撃を、真壁は決して忘れない。若手作家とばかり思っていたのに、打ち合わせにきたのが応募作品の主人公と同じ七十過ぎの、傾いた老人だったからだ。ノンフィクション本を作りながら新人作家の担当もするのは並大抵のことではなかったが、縁のデビュー作『今昔捕り物長屋・東四郎儀覚書』がヒットしたのでやりがいはあった。縁という奇妙な作家を好きにもなった。それもこれも、ほんの偶然がつないだ縁だと信じればこそ。

ときは三月。内定が決まった新入社員の会社説明会や研修スケジュールも目白押しで、社内にはフレッシュな風が吹いていた。真壁にとっては、またひとつ歳を取ったと感じるシーズンでもある。

雨宮縁と初顔合わせをしたときは、自分が彼を追いかけていると考えていた。しかし実は正反対で、自分が縁に追われていたのだということを、最近になって真壁は知った。縁が黄金社に応募してきたわけは、そこに真壁がいたからだ。真壁が帝王アカデミーにまつわる惨劇について独自に探ってきたことを知り、近付くために応募したのだと縁は言った。

その企業には血なまぐさい過去が潜んでいる。ほんの十五年前まで、帝王アカデミーグループはメンタルトレーニングやメンタルアドバイスを手がける一般のクリニックに過ぎなかった。経営者の片桐寛は善良を絵に描いたような人物だったが、長女をストーカーしていた男が嵐の夜に一家を襲撃して、片桐寛と妻が死亡、長男と次女が意識不明の重態で発見されるという不幸に見舞われた。凶行を免れたのはたまたま学校行事で不在だった長女のみで、二人の子供たちも後に死亡している。長女はその後、不幸を跳ね返して父親の遺志を継ぎ、クリニックを一大企業に押し上げた。美人でカリスマ性もあり、メディアやプレスに登場して、さらなるファンを獲得している。ところがこの優良企業は、決して公にできない闇の部分を持つと縁は言うのだ。

——申し訳ないけど、真壁さんのことは調べさせてもらったんだよ。ミステリーで受賞して、しかも受賞者が面倒くさい人物だったら、担当に手を挙げる物好きはあなたしかいない。思った通り、ぼくとあなたは相棒になった。片桐家に惨劇をもたらした真犯人を追い詰めるために——

真犯人が誰なのか、そもそもそんな人物が実在するのか。荒唐無稽な話だけれど、面白い、と真壁は思った。そう語ったときの底冷えする眼光を思い出すと、ゾッとするのを通り越してゾクゾクしてくるほどだ。真犯人がいるのなら、それはノンフィクション本の絶好のネタになる。真壁は縁の話に乗った。

雨宮縁は真壁が『書かせる』作家ではなかった。真壁に『本を出させる』作家であった。餌を撒き、真壁が食いつくのを待っていたのだ。

少し前、『そのための新作ミステリーを書きたい』と、ついに縁は言い出した。帝王アカデミーの功罪をフィクションの殻で包んで出版するのだ。本がヒットして多くの読者の目に触れれば真犯人は焦って、雨宮縁という作家の正体を探り始める。そして必ずボロを出す。警察が動き、マスコミも嗅ぎつけて、悪事は暴かれ、企みは崩壊する。すべてが済んだら真壁さんは一連の経緯をノンフィクション本に書いて儲ければいい。本は必ず売れるだろう。

そうしてできた一作目が、ついに刊行されるのだ。

真壁は社の最上階にある会議室をひとつ押さえて、縁の新作単行本『スマイル・ハンター』の装丁デザインについて、デザイナーの蒲田宏和と打ち合わせをしていた。会議室のテーブルには装丁デザインをプリントアウトしたカバーラフが並んでいる。

立ってそれらを眺めながら、重々しい声で蒲田が言った。

「このシリーズに共通するテーマは『洗脳実験』でしたよね。雰囲気も大事ですけど、一番大切なのは、いかに多くの読者の目に触れさせるかってことですよねえ？」

縁が『ハンター・シリーズ』を出版したい理由は蒲田も知っている。朴訥として純粋で、おとなしいけれど正義感のあるこの青年を縁は気に入り、信用したのだ。そして目的と理由を話した。アカデミーによって洗脳された患者が起こした事件のうち、少なくとも二つの事件には蒲田と真壁が当事者として関わっているからだ。

「雨宮先生たちは十年以上もアカデミーを追っていたって話ですよね……ていうか、十年以上追っていたっていうのなら、先生は何歳なのかな」

蒲田は不意に顔を上げ、真壁を見てから、

「気になりませんか？」

と、訊いた。真壁は嫌そうな顔をして、

「ジジイで、美熟女で、サイコパスで、女子高生……変態の歳に興味なんかないよ」

と、半分以上本気で言った。

「そうかなあ……ぼくはすごく気になるけどなあ」

テーブルに並んだデザインは、タイトル自体を表現しながら、奥に不気味さを忍ばせてあるものだった。『おまえの犯行はバレているぞ』と悪意の第三者に宣告して心を揺さぶり、精緻を欠いた行動を起こさせる。デザインひとつにそんな力があるはずもなく、先ずは手に取ってもらうことを優先すべきのような気もする。

「もっとインパクトあった方がいいのかなあ？　どう思います」

テーブルに並べたデザインを見比べながら蒲田が訊いた。

「方向性はこれでいこうよ」

と真壁は言って、おぞましい顔の人物と、その者が手にするカメラのレンズのデザインを手に取った。一番ストレートなデザインだ。装丁はこねくり回しすぎてもダメになる。迷ったときには最初のアイデアを採用するべきだというのが真壁の持論だ。

シリーズ一作目の題名は『スマイル・ハンター』。見知らぬ人の笑顔を写真に撮って、同じ相手を不幸に陥れ、泣き顔の写真をコレクションするサイコ野郎の物語である。

実際に起きたこの事件はもともと事件ですらなくて、事故や自殺として処理されていたのだが、被害者家族に真壁と蒲田共通の知り合いがいたことから縁が経緯に注目し、犯人う。

を逮捕することができたのだった。そうでなければ不幸の連鎖は今も続いていたことだろ
取り分けたカバーラフを見るだけで、おぞましい事件の記憶が蘇る。

次には決まったデザインを元にして、蒲田が画像に手を加えていく。背景を黒にしたもの。赤にしたもの。タイトルフォントを変えたもの。フォントの色を変えたもの。パソコン上でディテールを変え、候補を四作品に絞ってプリントアウトし直すと、それらをテーブルに並べ、立ち上がってデザインを見た。

「インパクトはあったほうがいいけど、それが書店で目立つかといえば、そうでもないよな」

真壁はカバーラフを自分の正面に並べ直すと、少し下がって遠目に俯瞰し始めた。

「そうなんですよね。みんな目立つと逆に目立たなくなるってこともあるし」

「一番は、書店さんがディスプレイしたくなる作品かどうかなんだよなー……」

「そこは営業サイドの力もあるわけで」

会話が止まり、蒲田と真壁は「うーん……」と唸った。

「目立つかどうかは帯にもよるな。文庫は帯色が決まっているけど、単行本だと遊べるわけで」

「でも、雨宮先生は華美な感じを嫌う印象がありますよ？　そう思ってるの、ぼくだけか

な」

　ラフを自分に向け直して蒲田が言うと、

「案外、今回は下品に目立たせてもいいって言うかもしれないぞ」

　と、真壁はまたもそれを戻して言った。

　蒲田は四枚のラフをテーブルに対して垂直に置きたいのだが、真壁は自分に向かって垂直に置きたい。蒲田は少しムッとしながらも、真壁の後ろに移動して、垂直に見える位置からラフを見た。

「個人的にあまり好きじゃないけど、タイトル文字を赤にしますか？」

「うーん……それよりも背景の人物を暗くするのはどうだろう？　そうするとタイトルがバーンと前に出てくると思うんだけど、どうかな？」

「……あー……」

　と蒲田は考えて、またも二人の会話は止まった。

　蒲田も真壁と同様のことを考えている。装丁デザインは直感で決まったときのほうが高評価を受ける気がする。一度迷い始めたら最後、細部ばかりが気になってどんどんドツボにはまっていくのだ。どうしたら雨宮縁を知らない読者が手に取ってくれるのか。ふらりと本屋に寄っただけのお客の目を惹けるのか。山のように並ぶ本の中から一冊を手にしてもらうのは難しく、それをレジへ持って行ってもらうのはさらに難しい。

「ていうか、これ……本当に出版してもいいんですかね」

蒲田が弱気な声で呟く。

「なに言ってんだ。俺たちは出版するのが仕事じゃないか」

真壁は眉根を寄せて言う。

「そうですけど……そういうことじゃなく」

「なに？　飯野さんがイヤだと言ってるの？」

真壁は深刻な表情になって訊ねた。

その人物こそが、スマイル・ハンターの被害に遭った共通の知り合いだ。飯野深雪は黄金社の営業部にいた真壁の後輩で蒲田の同僚だ。蒲田がフリーになるのと前後して寿退社したのだが、新婚のご主人が自殺を偽装して殺害されて、この物語の当事者となった。その後の彼女を陰で支えていたのが雨宮縁だったこともあり、ハンター・シリーズの出版及びその目的に関しては、本人からも了解を得ている。

「いや、そういうことじゃないですけど」

蒲田が言葉を濁すので、

「飯野さんとはうまくいってるのかい」

と、真壁は訊いた。

蒲田は少し赤くなる。スマイル・ハンターが逮捕されてから、彼女は少しずつ元気を取り戻し、現在は『のぞね書房』という老舗書店で働いている。そしてここ最近は、その店のチラシやイベントポスターを蒲田がデザインしているのである。

「やだな。そんな関係じゃないですよ」

と、蒲田は照れるが、

「なんで？　お互い独身なんだし、いい歳だしさ。誰に遠慮することもないだろう」

真壁は本心から言った。二人がお似合いだと思っているのも本当だ。

蒲田は真面目な顔になり、口を真一文字にして言った。

「飯野の気持ちを考えたら、とてもじゃないけど、まだそんな方向へ持って行けませんよ」

その答え方に、真壁は蒲田の本気を思う。

「ていうか、ぼくが気にしているのは本が出た後のことです」

こっそりラフの向きを変えながら蒲田は言った。

「帝王アカデミーの誰かがこの本を読んで、『黒幕』に報告したとして」

その後ですよ。と、蒲田は呟く。

「まあな。だけどそれが雨宮先生のもくろみなんだから」

雨宮縁には、その『黒幕』こそが帝王アカデミーの上層部だと考えている節があるのだ。

「デザインしながら考えちゃいましたよ。装丁デザイナーの名前の欄を無記載にしてもおうかとか」

「そっちかよ？　そんなことしたら俺の見落としと思われるじゃないか」

「真壁さんはいいですよ？　編集者の名前は出ないんだから」

「そうでもないぞ。献本につけるＤＭとかは、担当の名前が載るわけだから」

「あ、そうか」と、蒲田は言った。

「しっかりしてくれよ。何年うちにいたんだよ」

蒲田は椅子を引き出して、テーブルの隅に腰を下ろした。

「……雨宮先生は本気なんですかね？」

真壁も反対側に腰掛ける。煙草を吸いたい気分だったが、社内は全館禁煙だし、真壁自身も煙草をやめて何年も経つ。きっかけは、嫁いだ娘が出産で家に帰ってきたことだったが、そのままズルズルと喫煙者の肩身は狭くなり、いつの間にかやめさせられていたのであった。

トレーに載せていたお茶を引き寄せて、真壁は冷め切った茶をひと口飲んだ。

「もちろん本気さ。冗談でこんな真似ができるかよ」

「全部ひっくるめて新手のプロモーションとかならよかったですね……虚実入り交じったメタフィクションだったら」

「ホントにな」

「雨宮先生って何者なんでしょう」

「うむ……」

真壁は茶を飲み干した。

「雨宮先生にハンター・シリーズの計画を聞かされてから、ぼくも思わず帝王アカデミーについて調べちゃいましたよ」

蒲田もお茶のカップを取ると、

「創業者一家の殺傷事件は犯人が捕まっているんですよね」

「捕まったけど拘置所内で自殺したんだよ」

「その自殺も『黒幕』のせいだと言いたいんですよね」

「先生はそう考えてるわけだな」

「雨宮先生が、どうしてそこにこだわるのかって、考えていくと……」

「なんだよ、『そこ』って」

真壁はおかわりしようと立ち上がり、カップが空になっているのに気がついた。

「蒲田くん、もっと飲むかい？」

新しいのを買ってこようと思って訊くと、

「いえ、けっこうです」

と蒲田が言うので、仕方なくカップの底に残る数滴だけを飲み干した。

「そこっていうのは創業者一家の殺傷事件のことです。この事件って、長女のストーカーが犯人で、事件そのものは単純な構図じゃないですか。それよりスマイル・ハンター事件やネスト・ハンター事件のほうが、患者を操って事件を起こさせたという点で複雑だし、いかにも小説のネタになりそうですよね」

「ネタにしたから『スマイル・ハンター』が書けたんじゃないか」

「そうですけど、ぼくが言いたいのはそこじゃなく……雨宮先生は、片桐家殺傷事件に特別な関心を持ってるみたいに見えるんですよね。で、そう考えると必然的に、雨宮先生は片桐家の関係者かなと思うわけじゃないですか」

「俺もそれは最初に考えた。重傷を負った二人の子供のうちのどちらか、とかさ」

「『スマイル・ハンター』のヒロイン片桐愛衣って、その子の名前なんですもんね？」

「次女が愛衣で、長男が涼真。事件当夜に不在だった長女が帝王アカデミーの現経営者、月岡玲奈だ。よく考えるとそこもおかしい」

うん。と蒲田は頷いて、真壁のほうへ身を乗り出した。

「ぼくもそう思うんですよ。犯人は長女のストーカーだったのに、学校行事で不在だったことを、どうして調べなかったんでしょう。長女を付け狙っていたのなら、調べて当然と思うんですよね。もっと言うなら、自宅を襲撃するより学校帰りとかを狙った方が手っ取り早いと思うんだけど……それとも、交際を反対されて親たちを逆恨みしていたのかな」

「俺はさ」

やっぱり立ち上がって、真壁は訊いた。

「コーヒー買ってくるけど、蒲田くんも飲むかい?」

お茶はいらないと言ったくせに、コーヒーと聞くと蒲田は嬉しそうな顔をして、

「頂きます」

と答えた。ポケットの小銭を弄びながら、真壁は廊下の自販機までコーヒーを買いに行く。

事件後は長女を担ぎ上げるかたちで経営陣が事業を拡大、長女は月岡不動産グループの御曹司と結婚して、会社はさらに大きくなった。ところがその御曹司も先頃死亡して月岡玲奈は未亡人となり、今では名実ともにアカデミーのトップだ。縁ははっきり言わないが、真のハンターを月岡玲奈と考えているようなのだ。

並々とカップに注がれたコーヒーを両手に持って部屋へ戻ると、蒲田はまだ難しそうな顔で腕組みしていた。

「砂糖もミルクも入れて来ちゃったよ」

「大丈夫です。ごちそうさまです」

こぼさぬようにカップを受け取り、蒲田は首を傾げて言った。

「雨宮先生の正体ですけど、一番納得しやすいのは片桐家の長男か次女ですよね。でも、二人とも亡くなっているんですよね」

「雨宮先生もそう言ってたし、俺もさ、実際に片桐家の墓へ行って、墓石に名前が刻まれているのを見ているからなあ」

真壁はそこで少し考え、蒲田の隣に腰をかけると、身を乗り出して囁いた。

「あのさ、月岡玲奈だけどさ……彼女だけは先妻の子だったんだ」

「え？」

と、蒲田が眉をひそめる。

「片桐寛は再婚なんだ」

「そうだったんですね。殺された二人は両親の子で、月岡玲奈は父親だけ一緒ってことですか」

「帝王アカデミーの社長が死んだとき、雨宮先生がすらっとした青年に化けて葬式に乗り込んで行ったじゃないか？」

そのとき、蒲田は真壁に頼まれて、葬儀の参列者を隠し撮りしようと弔問客に紛れていたのだ。そして縁と喪主の玲奈が聴衆の面前で対峙するのを目撃した。

「あのとき先生が言った言葉を覚えてるか？」

蒲田は大きく頷いた。

「声は聞こえませんでしたけど、唇の動きはハッキリ見ました。あれもスリリングな感じでしたよね。ネエサン　オメデトウ　マタ　ツミヲ　オカシタンダネ。でしたっけ」

「そうだ。『姉さん、おめでとう。また罪を犯したんだね』」

「あれがつまり、雨宮先生から帝王アカデミーへの宣戦布告だったんですよね？　でも、月岡玲奈を『姉さん』って呼ぶわけだから……」

そこだよ、と真壁は蒲田を見つめた。

「姉さんと呼ぶからには弟ってことだろ？　もしくは義理の弟か。とすると死んだ夫の弟ってこともある。と、思って調べてみたけど、夫の兄弟はみんなオッサンで、あんな若いのはいなかった。で、俺はさらに考えたんだが、片桐寛は先妻との間にもう一人、玲奈以外の子供がいたんじゃないのかな」

「ああ、なるほど、それが雨宮先生……」

蒲田はちょっと顔をしかめて、

「ってことは、雨宮先生は男なんですね？」

と呟いた。変幻自在の雨宮縁が男なのか女なのか、年齢は幾つなのかすら真壁は知らない。蒲田もだ。ただ、真壁自身は縁が女であって欲しいと願う。可能であれば『黄昏のマダム探偵』の主人公響鬼文佳を地でいくようなゴージャス美人であって欲しい。どうせ仕事をするのなら、『今昔捕り物長屋・東四郎儀覚書』の主人公大屋東四郎のような爺より、美人と仕事をしたいではないか。

「いや、妹の可能性だってあるんじゃないか？」

未練がましく真壁は言った。

「妹のはずないですよ。妹だったら、わざわざ男装して葬式に来たことになっちゃうし、それはあまりに不自然でしょう」

「公の場だから敢えて青年に化けたのかもしれないじゃないか。そういえば、あのときの月岡玲奈はどうだったっけ？」

「どうだったとは」

「驚いていたかってことだよ。男装だったら驚くはずだし、長年会っていなかった弟が突然現れたら、やっぱり驚くはずだろう？　それも、会ったとたんにあんなことを言われてさ」

「忘れたんですか？　その後はもっと異様だったじゃないですか。ぼくは闖入者のほっぺたでもひっぱたくんじゃないかと思ってドキドキしてたら、月岡玲奈は笑ったんですよ。笑ったというか、微笑んだというのが近いかな。微笑んで、あと、涙を流していました」

「そうだったっけ」

「そうですよ」

蒲田はコーヒーを口に含んで「あち！」と言った。

「どうして泣いたと思う？」

「さあ……まったく想像つきません。雨宮先生の頰に触れて泣いていましたけど……もっと不思議なのはその前の台詞ですよね」

「台詞なんか言ったっけ？」

「月岡玲奈の台詞じゃなくて、雨宮先生の台詞ですよ。『おめでとう。また罪を犯したんだね』って、意味深（いみしん）だし嫌みだし、ゾッとするじゃないですか。罪ってなんのことだと思います？」

蒲田に意見がありそうなので、

「蒲田くんはどう思うの」

と、真壁は訊いた。蒲田は得々とした顔で、それでも少し遠慮がちに、

「きっと、なんかやったんですよ」と、だけ言った。

「全然答えになってないじゃないか。もっとさ、こう……ないのかな……たとえば」

「たとえば？」

帝王アカデミーの経営者だった夫の死は、自然死じゃなくて殺人だったとか。

そんな考えが頭に浮かび、蒲田自身もそう思っているから言葉にしないのだと真壁は思った。確かに軽々しく口に出していいことではない。真壁は少し考えてから、二度頷いて

話を逸らした。

「ちょっと仕事を頼みたいんだよな」

と、付箋だらけのスケジュール帳を出す。

「……いいですけど」

蒲田もそれ以上深追いしてはこなかった。

「デザインや撮影の仕事じゃないよ？　調べて欲しいことがあるんだけどさ」

それを聞くと、蒲田は露骨に嫌そうな顔をした。

「その『先妻』のことなんだけど」

「片桐寛の最初の奥さんってことですか？」

「そう。いま話したみたいなことに気がついて、そういや最初の妻って誰だったのかなって、調べようとしたんだけど、ネットに情報出てこないしさ、俺もいろいろ忙しくって」

忙しいのはこっちも同じだと、蒲田の顔が語っている。けれど真壁には秘策があった。

「いろいろ知恵をしぼってさ、ちょいと閃いて調べてみたら、やっぱりというか……片桐寛は生前にメンタルヘルス関係の書籍を出版しているんだよ。ほら、医者やカウンセラーは自著を出したい人たちだから」

「さては黄金社選書とか……さすがにそれはないですね」

「そうなら自分で調べるよ。うちは自費出版部門がないだろう？」

「じゃあ、一橋社とかですか？」

「そうなんだ。蒲田くん、あそこの仕事もしてたよね？」

「してはいますけど——」

蒲田はいや〜な顔をした。

「——同じ業界にいるんだから、真壁さんだってコネはあるでしょ」

「ノンフィクションならともかく、自費出版部門じゃな」

真壁はスケジュール帳を開くと、後ろのページを千切って言った。

「俺もさ、調べられるところまでは調べたんだよ？　片桐寛の本を担当したのは志田泰平という人物で、その後は月刊誌の編集長を経て退職、今はカルチャースクールで小説学校の講師をしてるんだ。蒲田くんは浅草のスポーツジムに通ってるよね」

「え……まさか……」

真壁は千切ったページを蒲田の手に押しつけた。

「偶然にもカルチャースクールは同じビルの四階にあるんだよ。蒲田くんがジムに行く水曜日と、月曜日の夜と、ほかは土曜日の午後にやっている。その紙に時間表を書いておいたから、ちょっと行って、話を聞いてみてくれないかなあ」

いくらのコーヒーなんだよと、蒲田は紙コップを見下ろした。まあ、どうせスポーツジムには行くんだけれど。

「そもその人、片桐寛のことを覚えてますかね」

「覚えているさ。編集者だし、あんな事件があったんだから」

「前妻のことまで知っているとは限らないじゃないですか」

「そうだけど、ダメならダメでいいからさ」

蒲田の溜息を肯定と勝手に捉えて、真壁は満面に笑みを浮かべる。

「持つべきものは蒲田くんだね」

クソ高いコーヒーを飲み干して、蒲田はカップを握り潰した。

「ところでラフはどうします？」

話を戻そうとして訊くと、真壁はさっさと机の上を片付けながら、

「俺たちじゃ決められないから、雨宮先生に確認してもらうよ。先生もこの作品には思い入れがあるだろうし……決定したら連絡するから」

「わかりました。じゃ、ぼくはこれで」

「すまなかったね。下まで送ろう」

二人で席を立ったとき、真壁のスマホが鳴り出した。

仕事の邪魔をしないよう、蒲田は頭だけ下げてバックパックを背負ったが、真壁は手を挙げてそれを引き留めた。

「噂をすれば雨宮先生だ」

そう言われては先に帰るわけにもいかない。蒲田はその場に立ち止まる。

「どうも。真壁です。どうされました？　ちょうどいま蒲田くんとカバーデザインの打ち合わせをしていたところなんですが……」

真壁は蒲田に視線を送り、その目を逸らさず縁と話す。

「ラフ案をメールで送りますので……はい……はい。え？」

そして蒲田に訴えるかのように、

「竹田刑事と話したい？」

と、ハッキリ言った。好奇心の強い蒲田はバックパックを背負ったまま手近な椅子に腰掛けて、二人の会話に聞き耳を立てる。

「……え。刊行の告知はしましたけどね、情報としては些末なもので、タイトルと刊行日程度……あ、そうか……そういえば宣伝部がSNSで呟きましたね。キャッチコピーはたしか、『殺人教唆か洗脳か。ミステリー作家雨宮縁が隠れた犯罪を暴き出す。新シリーズ始動』だったかな」

そして真壁はもう一度、「え？」と呟いた。

「次の事件が起きたと言ってる」

蒲田を振り返って言う。真壁は縁に許可を得て、通話の内容を共有することにした。

「悪いけど、事務所で打ち合わせできないかな」

縁の声だが、誰が憑依しているのかよくわからない。

「事務所って、先生の、ですか？」

「あっちじゃなく、ボクの新しい事務所のほうで」

そのイントネーションで閃いた。

「今日はサイキックのキサラギですね」

蒲田は思わずドヤ顔になる。真壁はかまわず、

「新しい事務所って？　そんな話が」

「あったんだよ」

キサラギはクックと笑った。

「幸いにも黄金社さんの近くでさ、なにかと便利だと思わない？」

真壁は厭な顔で蒲田を見た。

「カバーラフを持ってお茶飲みにくる？　コンビニでなにか買っておくから」

そして縁は住所を告げた。本当に目と鼻の先ほどの距離だ。

「じゃ、待ってる」

キサラギはキサラギらしく、返事も聞かずに電話を切った。

「え、ちょっと先生！　あ、切りやがった」

激しく耳を掻く真壁を眺めて、蒲田はつい笑ってしまった。

「真壁さんこそ、雨宮先生に盗聴されてるんじゃないですか？　今なら時間があるってことを知られていたような気がしますけど」

「気味の悪いことを言うなよ。なんで今なら時間があるんだよ」

「カバーラフの打ち合わせを切り上げたから」

「まあな……うーん……くそったれ」

真壁は文句を言いながらもカバーラフを重ねてまとめ、お茶のトレーを片付けて言った。

「それなら当然、蒲田くんの時間もあると知っていたよな？」

「まあ、ぼくも一緒に行きますけどね。雨宮先生の新しい事務所がどんなところか興味あるし」

二人は黄金社のビルを後にした。

靖国通りを何本か入ると、大正昭和を置き去りにしたような場所に出くわす。リノベーションした部分すら昭和の匂いを漂わせているトタン壁の建物や、マッチ箱を縦にしたように細長いビル、間口と間口の隙間が通路程度しかない長屋作りの呑み小路などだ。場所が場所だから賃料は安くないし、設備も古くて使い勝手もよくはない。それでも、陽が落ちて周囲のビルが闇に消えれば、哀愁漂う佇まいがタイムスリップした気分にさせる。レトロな町はそこが魅力だ。

縁の住所を訪ねていくと、まさしくそんな地域の一角に立つボロボロのビルへと辿り着いた。映画などで貧乏探偵が事務所をかまえる定番のような建物だと、一目見るなり真壁は思った。建物同士が密接している上に細い小路が入り組んで、陽が当たらずにジメッとしている。タイル張りの外壁はヒビが入って、なにかの植物が壁を這い上がっていた。

「うわ～ぁ」

と、感嘆の声を上げながら、蒲田は早速写真を撮った。

「すごい場所を見つけましたねえ。でも、こういう雰囲気は嫌いじゃないです」

ビルの入口は素通しで、短い通路に古いタイプのポストが並ぶ。こんなビルでも借りる人はいるらしく、すべてのポストが埋まっている。そのひとつ、２０２号室に『雨宮事務所』とシールがあった。

「……やっぱここだよ」

呟いてから、蒲田と一緒に階段を上った。階段はコンクリートの剝き出しで、鉄製の手すりがついている。

「耐震補強とか、されているんですかねえ」

蒲田が心配そうに上を見た。階段室の天井には時代がかったガラスの照明が下がっているが、その天井にもヒビが入って、照明機具が落ちてくるのではと心配になる。建物内部はひんやりとして、古い時代の匂いがした。蒲田がシャッターを切りながら付いてくるので、真壁は階段の途中で振り向いて、溜息交じりにこう言った。

「そのくらいにしておけよ」

蒲田は素直にカメラを下ろした。

さほど大きなビルではない。道が狭すぎて全容を見上げることはできないが、ポストの数で四階建てとわかった。各フロアに三室あるようで、階数と同じ番号を持つのが角部屋らしい。二階の突き当たりに少し広めのドアがあり、凝った造りの木製ながら、剝げたペンキがささくれていた。

「ホントに人がいるのかなあ」

あまりに静かなので、気味悪そうに蒲田が言った。真壁が無言でノックをすると、

「はい」

と、中から声がした。

「黄金社の真壁です」

ドアに近付いて言うと、

「お待ちください」

と、また声がして、鍵の外れる音がした。ドアは外側に開くタイプだ。隙間から室内が

見え、裏側にいる人影も見えた。そこには、バサバサの髪でダサい黒縁メガネをかけた女性事務員が立っていた。歳の頃は四十過ぎ、時代遅れの制服を着て、くるぶしまでのソックスを穿き、紺色のサンダルをつっかけている。訪問者を見もせずに視線を泳がせ、所在なげに俯く彼女に真壁は驚き、

「……あの、私は雨宮先生の担当をしておりまして」

と、慌ててポケットから名刺を出した。

女性は名刺を受け取らず、メガネを押し上げてマジマジ見つめ、

「どうぞ」

と二人を招き入れてから、ドアを閉めて施錠した。閉じ込められるとでも思ったのか、蒲田が怖々振り向くと、女性事務員は戸口に立ってニタリと笑った。

さっきまでのオドオドとした態度はどこへやら、自信に満ちた笑みだった。

「防犯のためだ。アブナイからね」

「え……まさか」

蒲田は全身を事務員に向け、無礼にも顔を覗き込む。蒲田の代わりに真壁が訊いた。

「雨宮先生？」

事務員は首をすくめた。

雨宮縁の新事務所には、前の借主が捨てていったデスクや椅子、埃だらけの黒電話や、物入れ代わりに使っていたと思しき大型の茶箱などが残されていた。窓にはカーテンが下がっているが、元が何色だったかわからないくらいに色褪せて、束ねた折り目が模様のようになっていた。その窓には蔦がはびこって、隣のビルが接近し、そもそもカーテンなど必要なさそうだ。脇机の下に積んである雑誌や新聞紙は年代物で、天井にはやはり時代がかったガラスの照明器具がある。

新しい事務所と縁は言ったが、この空間には事務員を含め、新しいものなどひとつもなかった。ボサボサ髪の事務員は、ニッと白い歯を見せて言う。

「『スマイル・ハンター』を刊行するから用心のために借りたんだよ。ここは二階で、隣のビルとも近いし、窓を開けると壁に蔦の太い茎が這っているから、万一の時はそれを摑んで一階へ逃げられる。下の路地も細いし、地形が入り組んでいるから追っ手もまきやすい。もしも暴漢が上ってきても、蔦が窓に絡んでいるから動きを見ればすぐわかる」

「やっぱり雨宮先生でしたか」

呆れたと言いたげに真壁が呟く。

「え、今度は事務員が活躍する話を書くんですか？」

蒲田が訊くと、縁は首を左右に振った。

「そうじゃないよ。事務所なのに事務員がいないと変だから。それに、この程度の変装なら、あまり時間もかからないしね。やり過ぎると庵堂が大変だから」

呆気にとられたのを通り越し、蒲田は縁との付き合いに疲れを感じた。

「本が出てアカデミーが注目すると、真壁さんに尾行が付くかもしれないでしょう？　ボクらの所在は知られたくないから、今後はここで打ち合わせをする。襲われたとしても入口がひとつで、逃げ道は確保してあるから安全だしね」

「それを安全と言えますかねえ」

真壁は手にしていた名刺をポケットに突っ込むと、床の茶箱を見下ろした。椅子はデスク用のひとつだけだし、腰掛けにできそうなものはデスク本体と茶箱くらいだ。ただしどちらも埃だらけで、座ればズボンが汚れそうだった。縁は古新聞の束から中間あたりを引き出して、真壁たちのためにそれを茶箱の上に広げて敷いた。

「椅子はそのうち用意するから、今日のところはこれで勘弁してもらおうかな。どうぞ」

新聞紙の日付を見ると昭和四十二年八月七日になっている。真壁と蒲田はガサガサと音をさせながら新聞紙の上に尻を載せた。またも縁にからかわれているような気がした。

「ここにいるときは、いつもその恰好ですか？」

脱力した声で蒲田が訊くと、

「そのつもりだ」

と縁は答え、

「庵堂が戻ったよ」

と、ドアを見た。二人には気を許しているからなのか、見た目と口調を合わせようともしない。もともと捉えどころのない相手だが、こうやって中身と外見の差を感じさせられると余計に信用できない気がする。縁が開けに行かずとも、施錠したはずのドアノブはゆっくり回った。ドアも鍵穴も古いタイプで、カチャリと解錠の音が聞こえる。間もなくドアが開き、コンビニの袋を下げた庵堂が入ってきた。

「どうも。お疲れ様です」

茶箱に並んで腰掛けている真壁と蒲田に微笑みかける。

庵堂は長身だ。売れない舞台役者のように髪を伸ばして、シャツとデニムパンツが定番のスタイルだ。今日は薄いジャケットを羽織っていて、ガラクタの間を進んで来ながら、ひとつだけのデスクに袋を置いた。

「すみません。まだ掃除が済んでいなくて」

レジ袋を外側に折り込み、カップホルダーに挿した飲み物のカップを剝き出しにした。

「熱い飲み物を買ってきました。コーヒーと紅茶、どちらがいいですか？」

真壁と蒲田は視線を交わし、蒲田が先に、

「あ。じゃあ、紅茶で」

と言った。

「シュガーはどうします？」

「いえ、そのままで」

「真壁さんはどうですか？」

「ではコーヒーを頂きます。砂糖もミルクも欲しいですね」

庵堂は執事（しつじ）よろしく飲み物を準備して、蒲田と真壁に手渡した。縁の好みは訊きもせず、ひとつしかない古椅子を引いて、その前のデスクにカップを載せる。縁が椅子に腰を下ろすと、庵堂は紙製のカップホルダーをきれいに畳んで、レジ袋共々片付けた。蔦だらけの窓を開けて風を入れ、自分はデスクに体を預ける。

「あー……早速ですが、『スマイル・ハンター』のカバーラフを、ですね――」

真壁はコーヒーをひと口だけ飲み、持って来た鞄（かばん）を引き寄せた。

「――見てもらおうと思って来たんですけど……ここは……広げる場所がないですね」

「こっちにちょうだい。手元で見るから」

縁が手を出したので、真壁はラフを庵堂に渡し、庵堂が縁に差し出した。

カーテンのように蔦が下がった窓の明かりに縁がラフをかざしている。作家が自分の装丁デザインを吟味（ぎんみ）するシーンを見ることはほとんどないので、蒲田は妙に緊張してきた。

「うわあ……また……わかりやすいデザインにしたね……そのものズバリというか」

否定とも肯定ともつかぬ呟きを漏（も）らしてから、

「どう思う?」

と、縁は庵堂に訊ねた。庵堂は縁の近くへ寄ると、腰を折り曲げてラフを見た。ラフ案は何枚かあるので縁が紙をめくっていく。

「いいんじゃないですか」

と、庵堂は真壁たちを振り返って言った。

「奴ら(やつ)がゾッとするデザインだと思います。これを見たら、犯人は自分が表紙になったと思うでしょうね。刑務所に入れてしまったのが残念だ」

「ボクはこれがいいと思う」

そう言って縁は一枚を引っ張り出した。フォントもカラーも比較的おとなしめのデザインだ。ガッツリ派手なデザインを選ぶだろうと思っていたが、意外だったので蒲田は訊いた。

「一番地味なデザインですけど、どうしてそれを?」

すると縁はニタリと笑った。

「精神病質者はセンセーショナルを好むからだよ。こっちの――」

と、赤を使ったデザインを上げ、

「――デザインを採用すると、奴らを喜ばせてしまうだろ? 奴らは罪を犯しているという意識がないから、業績を評価されたと思って満足しちゃう。でも、こっちなら……自分はまだまだ評価対象ではないと感じて燃えるんだ」

「え、ちょっと待ってくださいよ」

真壁は身を乗り出した。

「連中を煽るためにデザインを選ぶってわけですか」

「そうだよ」

と、事務員姿の縁は言った。ボサボサの髪を掻き上げて、ダサいフレームのメガネをずらす。

「だって、早く壊滅させないと、こうしている間にも、誰かが誰かを狙っているかもしれないんだから」

「そういえば」

真壁は庵堂からラフを受け取り、それを鞄にしまって言った。

「先生は、さっき電話で竹田刑事と話をさせて欲しいと仰ってましたね？」

「うん。そう。なるべく早く」

「なにかあったんですか？」

と、真壁は訊いた。

庵堂の視線が縁に向くと、縁はそれには気付かぬ素振りで、チロリと自分の唇を舐めた。

「また事件が起きているんじゃないかと思うんだ。でも、庵堂と危機感を共有できなくて」

「共有できていないわけではありません。〆切りが最優先だっただけです」

至極冷静に庵堂が言う。

「第一稿はきっちり上げたじゃないか」

「すぐに改稿指示が出ますよ。あとプロットも、企画書も」

「あうるさい」

と、縁が言うと、

「そこはとても重要ですね」

真壁も庵堂の肩を持った。

「他社さんの事情だとしても、編集として身につまされる部分があるので、俺は庵堂さんに同意しますが。ま、先生のお体優先で……」

深い意味もなく言うと、縁はギロリと真壁を睨んだ。

「ボクを心配して言っている？　それともなにか根拠があって？」

「ん、根拠ってなんですか？　編集は、たいていどの作家さんにも同じことを言いますけどね。健康第一って」

心で（ヤベえ）と冷や汗をかきながら、真壁は素早くコーヒーを飲んだ。

少し前に、真壁は縁の落とし物を拾った。

それは瀟洒な七宝焼きのピルケースで、中に免疫抑制剤が入っていた。真壁は中身を見たことを隠しているし、縁もそれについては一切触れない。

「話を戻すけど、公にされていない事件の詳細をすり合わせれば、さすがに頑固な庵堂も、帝王アカデミーが起こしている新たな犯罪だとわかってくれると思ってさ」

「頑固なのは俺だけじゃありませんよ」

庵堂は窓の外を見て呟いた。

「……え。ちょっと待ってくださいよ。それって、またも連続殺人事件が発生してるってことですか？　事故や自殺を偽装して？」

驚いて蒲田が訊くと、庵堂が答えた。

「犯罪を事故や自殺に偽装しているならそうだとも思えますけど、雨宮が勝手に疑っているだけで、今回の場合は違うんですよ。偽装もなにもない、歴とした殺人事件です」

「うん。そうなんだ。今のところは」

と、縁も言った。

「殺人事件であることを隠していないというところが、今までとは違うんだ」

「雨宮は、洗脳実験が次の段階に入ったのではと言うんです」

「それはどんな事件です？　それっぽい事件なんてあったかなあ」

ノンフィクション編集者の血が騒ぐ。真壁は額を掻きながら、もう片方の手で取材手帳を引っ張り出した。ページをめくりながらエンピツを構える。

「ここ最近の事件ですか？」

「最新の事件が十日くらい前に起きているんだ。他の事件はもっと前」

デスクの向こうで縁は言った。真壁らのほうへ椅子を向け、デスクに肘をついて指を組む。黒縁メガネの奥に光る眼は、事務員ではなくサイキックのキサラギに近かった。

「埼玉のカラオケバーで経営者が殺される事件があったろ？　被害者は二十五歳の女性だよ」

「あ。それ、ニュースでやっていましたね」

と、蒲田が言った。

「犯人はストーカーだったんですよね？　携帯電話に記録があって……もう捕まったと思ってましたけど」

「そんなニュース、あったか？」

真壁はすぐにスマホを出して、ネットニュースを検索した。

「これか……個人経営だったから遺体の発見が遅れたんですね。けっこうな人気店だったようだけど」

「店舗の電気が消えていたから、常連客も休みだと思っていたとかなんとか」

「そう。その事件だよ」

「雨宮がどうしてもと言うので、第一発見者に話を聞きに行ったんですよ」

「え、どうやって」

真壁が訊くと、庵堂が首をすくめる横で、縁がしれっと白状をした。

「第一発見者はガスの検針員のおばさんだ。だから会社を調べて本人を特定……」

「なんて言って話を訊きに行ったんですか？　まさか刑事に化けてとか」

蒲田の問いには庵堂が、

「それも危険なので裏技を使いました」

と、だけ答えてくれた。

「普通の人が死後十日以上経った死体を発見したんだから、それはショックだったはずだよね？　場合によっては長いこと後遺症に悩まされたりさ」

「昨今は行政もケアを手厚くしているようで、検針員を事情聴取した警察官が、大きな病院の心療内科を受診するよう勧めたんですよ」

「だからその病院へ行って、彼女が受診するのを待ったんだ」

真壁も蒲田も首を傾げた。事務員の顔でキサラギが笑う。

「大病院というところがミソだよ。患者は待合室にギュウギュウいるんだ。大きな病院はスタッフも大勢いるから、新しいのが一人や二人紛れ込んでもわからないだろ？」

「え、まさか」

真壁は自分の額を押さえた。

「使っていない診療室をちょっとだけ借りて、雨宮が話を聞いたんです。心に一番引っかかっていることを言葉にするのが重要だと言って」

「それは本当のことだから。彼女は警察に口止めされたと言っていたけど、それを話せなくて病んでいたんだよ」

「それって？」

拳を握って蒲田が訊いた。

「遺体の状況。やっぱりサインが残されていた。刑事風に言うなら『真犯人しか知らない痕跡』というやつね」

「報道に使われた被害者の写真は学生時代のもので、現在はかなり特徴的な風貌をしていたんです。腕にタランチュラと蛇のタトゥーを、唇の両脇にプラチナのピアスを、右の瞼にリングのピアスを着けていました。アイリッドと呼ぶらしいですね」

「死因は刺殺だったけど、遺体は片方の瞼がなかったんだって。アイリッドごと瞼を切り取られていたんだよ」

蒲田も真壁も声を出せない。そんな死体を発見したら心が病んで当然だ。

「雨宮は、ほかの被害者も同様にどこかを持ち去られているのではないかと言うのです」

「ほかの被害者って」

真壁が訊くと、縁は頷いた。

「警察って縄張りがあるじゃない。連続事件になれば情報共有するようだけど、今回の被害者みたいにストーカーされていたりで即時第一容疑者が浮かぶと、なかなか他の事件に目が行き難(にく)いよね。だから、警察ではまだ連続殺人の可能性を考えていないんじゃないかと思ってね。刑事は自分が摑んだネタを絶対に共有しない人種だと聞くし」

「そこで竹田刑事なわけですか」

「警視庁捜査一課の竹田刑事なら――」

縁はニンマリとほくそ笑み、

「――自分以外に出さないネタを、たっぷり抱えているはずだよね」

と、言った。

「今の話ですけど……」

両手で紅茶のカップを握り、蒲田が独り言のように呟く。全員が彼を見ると、蒲田は少し照れたように顔を上げ、眉をひそめてから言った。

「帝王アカデミーの創業者一家が襲撃された事件と似ていませんか？」

「どこが？」

真壁が訊く。

「ストーカー。片桐家の事件でも、犯人は月岡玲奈のストーカーだったじゃないですか」

そして蒲田は縁を見た。

「片桐家の事件の犯人ですけど、間違いなく犯人だったんですか？」

「うん。冤罪(えんざい)ではなく実行犯だよ。なにひとつ語ることなく自殺したけど」

「……そうかー……じゃあ今回も」

「でも、それだとおかしくないか？　雨宮先生が言うように、これが連続殺人だったとすると、一人の犯人が複数の女性をストーカーしてたってことにならないか？」

「本当にストーカーならね」

と、縁が言った。

「ストーカーを偽装した犯人ではないかと、雨宮は言っています。事実、被害者たちには複数人のストーカーがついていて、それが捜査をややこしくしているのかもしれません」

「だから竹田刑事に会いたいんだよ。他の事件の被害者も戦利品を奪われていたのか知りたい。秘密の暴露をさせるため、真犯人しか知り得ない事実は隠されるから」

真壁は少し考えながら、首の後ろをポリポリ掻いた。

「ま、ネタとしては面白いですけどね」

「だろ？　頼むよ」

縁が拝(おが)むように両手を合わせると、真壁はふいに思い立ってドヤ顔をした。

「そういえば先生」

と、改めて縁に顔を向け、

「ハンター・シリーズを進めるにあたり、こちらも調査を進めたいんですけど。やや難航している部分があるんですよ」

「なに？」

と、縁は訊いてから、

「あと、竹田さんとのコンタクトは、向こうの都合に合わせるからね」

と、念を押した。

「わかりました。そっちは彼と話してみてから連絡します」

真壁は手帳の別のページを開いた。片桐家の事件について調べたことがまとめてある。

「片桐家に起きた惨劇ですが、先生の話を聞くまでは、ただの不幸な事件としての切り口以外考えていなかったんですよ。報道された事柄をトレースし、若干色を添える程度だったというか」

「アカデミーから横やりが入って出版の目処は立たないし、周囲の反応も鈍かったろうから、まあ、真壁さんとしては腐るよね」

あけすけに言われて真壁は苦笑した。

「仰る通り。今にして思えば納得ですがね」

真壁は手帳を見ながら記憶を辿った。

「実は俺、犯人のことも取材して調べていたんですよ」

「犯人って、月岡玲奈のストーカーですか？」

隣に座った蒲田が訊いた。茶箱はさほど大きくないので、肩が触れるほど距離が近い。

真壁は蒲田を見もせず言った。

「そう。拘置所で自殺した男ね」

「本当に自殺だったんですかね」

「拘置所は監視カメラがあるからなあ……さすがに自殺の偽装は無理だろう。スパイ大作戦とかじゃなきゃ」

縁も蒲田を見て言った。

「ボクもそう思う。実行犯は自殺だよ。おそらく自殺するまでが、『一連の犯行』だったんだ」

「洗脳実験って、そういうことなんですね」

ゾーッとして蒲田は訊いた。縁は答えず無表情だ。

「先生は片桐家の事件の裏にもなにかあると考えているようですが、この件に限って言えば、裏に黒幕なんかいなくても犯行の説明はバッチリ付くわけですよ。いいですか？」

真壁は指先で手帳の文字を追いながら言った。

「実行犯は世志富夫、二十八歳。彼と長女の接点は当時もあまり報道されなかったですけど、この男について取材したところ、通勤通学に使う駅が同じだったとわかりました。駅で見初めて一方的に恋心を募らせていったんでしょう。本人は両親に交際を禁じられたことが犯行動機と自供したようですが、月岡玲奈は犯人について、何度か待ち伏せされて怖い思いをしたことがあると証言しています。この証言にウソがないことは学校の友だちが目撃していることからも明白ですね」

「犯人は長女に交際を申し込もうとして、怖がられていたってことかな——」

と、蒲田も言った。

「——アイドルに入れ込んで凶行に及ぶ人もいますしね」

「世志富夫の人となりを取材していくと、頭もいいし、問題を起こしたこともなし、大人しい性格で、キレるとか暴力的とか、そういう側面がまったくない。あんな事件を起こすとは思えないと、まあ、これはどんな事件でも一定数は耳にする言葉ですけど、世志は長男で、大学も出ていて、弟妹の面倒見もよく、育った家庭に問題もない。ただ……捜査関係者から聞いた話で裏は取れていないんですが……」

と、真壁は女の姿をしている縁をチラリと見上げた。

「なに？　かまわないから教えてよ」

「親たちと住んでいた世志の部屋からは、片桐家の長女を盗撮した写真が多数見つかっていたようです。中には、明らかに片桐家の長女の部屋の内部から盗撮されたものもあったと」

縁はやはり無表情だ。真壁は蒲田に目をやった。

「蒲田くんは、犯人がなぜ長女不在の時に片桐家を襲撃したのか疑問だって言ってたろ？ネタにしようと思って黙っていたけど、それはこういうことなんだ。犯人は長女の不在を知っていた。知っていたから片桐家に忍び込んだ。長女の部屋に隠したカメラか盗聴器か、なんだかわからないけど、データを回収しに行っていたんだよ。ところが、それを家族に見つかって事件は起きた。優秀な青年だっただけに、自分のしたことが長女や世間にバレることが耐えきれず、逆上して家族を殺し、ついには拘置所内で自殺したんだ」

「そうか……なら、心理的にも辻褄（つじつま）は合っていますねえ」

感心して蒲田は言った。真壁は縁と庵堂を見た。

「それでちょっとひっかかったのは、月岡玲奈の亭主が死んだとき、葬式で雨宮先生が化けたのは誰ですか？　あのとき月岡玲奈は、先生に触れて泣いていましたけど」

蒲田から聞いた話を、自分が覚えていたかのように言う。

――姉さん、おめでとう。また罪を犯したんだね――

そう言ったからには弟に化けていたはずなのだ。蒲田も縁の顔色を窺（うかが）った。

「カマを掛けただけだよ」

と、平気な顔で縁は答える。

「アナタたちが突撃していったから、緊急事態で小細工する間もなかったし。聴衆の面前へ堂々と出ていけば、連中はその場でなにもできないとわかっていたし」

「でも月岡玲奈は反応した。『誰か』である可能性は考えていたってことですよね――」

鋭い口調で真壁が訊いた。

「――誰のつもりだったんですか？　玲奈の弟？」

縁は一瞬だけ眉をひそめた。

「弟？　どうして？」

「それは雨宮先生が、月岡玲奈を『ネエサン』と呼んでいたからですね。ぼくはカメラを構えていたので、望遠レンズで口の動きが見えたんです」

たちまち縁は苦笑した。

「侮（あなど）れないなあ。あなたたちは」

「話を逸らさないでくださいよ。月岡玲奈だけは死んだ弟妹と母親が違う。ここまでは調べが付いているんです。と、すれば玲奈には死んだ片桐家の長男とは別に、本当の弟がいるんじゃないですか」

突っ込んで訊いてみたけれど、縁だけでなく庵堂も、相変わらずのポーカーフェイスだ。

「たしかにね。いるかもしれない」

と、他人事のように縁は言った。真壁はさらに話を進める。

「そこでちょっと困っているのは、調べても前妻のことがわからないんです。もしかすると、月岡玲奈の母親と片桐寛は内縁関係だったのかもしれませんがね。色々調べて、片桐寛の本を出版した担当者に当たってみようと蒲田くんに協力をお願いしたところですけど……」

すると縁があっさり応じた。

「月岡玲奈と片桐寛に血縁はないよ」

「先生……知っているんですか？　先妻の子じゃなかったってことですか」

それならそうと早く言ってくれればいいのにと、真壁は遠慮もなしに顔に出す。

「片桐家の戸籍に月岡玲奈の母親のことが載っていないのは、特別養子縁組だからだよ。それだと戸籍上も片桐家の長女になるんだ」

縁の背後で窓辺の蔦が揺れている。その奥は隣のビルで、無機質なサイディングボードが透けている。室内は薄暗く、古い時代の匂いがしている。その光景に、ダサい事務員姿の縁はよく似合う。

「先生は、どうしてそんなことまで」

「言ったでしょ？　真壁さんが事件を追うよりずっと前から、彼らのことを調べているから。月岡玲奈には片桐家の弟妹とは別の弟妹もいたはずだけど、生存しているかわからない。玲奈の母親が誰か知ったら、片桐寛がどうして彼女を養女にしたのか、理解できるよ」

縁は含みのある眼で真壁を見つめ、

「知りたい？　母親が誰か」

と、嫌みな顔で微笑んだ。

「知ればノンフィクション本のヒットを確信すると思うけど……」

「勿体(もったい)つけずに教えてください。誰なんですか」

縁は三日月のような口で笑った。

「その人は、片桐寛の患者だったと聞いている」

「患者だとなにかマズいんですか」

悪気のない声で蒲田が訊いた。

「そうじゃないけど、でも、その人は暴行罪で捕まって、治療のためクリニックに通っているとき、殺人罪でも捕まったんだよ。自分の子供の殺人罪。通報したのは当時の夫だ」

「え」

蒲田と真壁は思わず顔を見合わせた。

「吉井加代子(よしいかよこ)という名前をご存じないですか？」

立ったまま庵堂が訊く。真壁も蒲田も首を捻って眉をひそめた。

「三十年近くも前の話で、知らないかもね。ほとんど報道されなかったみたいだし」

縁はすすり泣くような音を立てて息を吸い、人差し指でメガネのフレームを押し上げた。

「吉井加代子は東京拘置所に収監されていたけど、心神耗弱が認められて、今は奥多摩にある特殊精神病院の閉鎖病棟に隔離されてる。起こした事件が多すぎて、裁判が終わっていないものもある。片桐寛は、だから玲奈を特別養子縁組で長女に迎えて、新しい名前を与えたんだよ。母親の罪が子供の人生を歪めないように守ったんだ」

「名前も与えた？　もとの名前は？」

真壁が訊いた。

「名前があったか、わからない。そもそも出生届も出ていなかったと聞いている。吉井加代子は複数人の子供を産んだようだけど、生きて確認されたのは玲奈だけ。少なくとも五人分の白骨が見つかっていて、本当は何人子供を産んだかもわからない。基本的に女性は連続殺人を犯しにくいというけれど、吉井加代子は立件されたものだけで八名の殺害、十七名の暴行罪で起訴されている。ボク的には二十三名の集団自死事件、事故や自殺として処理された多くの事件にも関わっていたと思っているけど」

「吉井加代子……あっ、そうか……」

真壁は両手で口を覆った。名前は記憶していなかったが、二十三名の集団自死事件ならば知っている。ノンフィクション部門に配属されたばかりの頃に世間を騒がせていた事件だ。

「集団自死事件なら記憶にあるぞ……なんだっけ……ええと」

真壁はガリガリと頭を掻いた。そうしているうちに思い出してきた。

「なにか宗教関係でしたか？　あ、そうだ。大学生のグループだったんでしたっけ」

「日本でそんな事件ありました？　うーん……うっすらと覚えているような、いないような」

「当時はオウム真理教の松本サリン事件も起きて、あれで霞んだ感はあります」

と、庵堂が言う。そうか、その頃か、と蒲田は思った。

「思い出したぞ。一時期はオウム真理教との関係も取り沙汰されたはずですが、結局は別件だったんですよね。秩父の山奥で共同生活していたコミュニティの集団自殺で、たしか終末思想を持っていたんじゃなかったでしたっけ？　全員が死亡したため、詳しいことはわからずに終わったと記憶してますが」

「吉井加代子と夫を除いてね」

と、縁が言った。

「その人もコミュニティにいたんですか？　なんか怖いな。どんな人物ですか」

蒲田が訊くと、

「取材してみたらどうです」

と、庵堂が言った。

「アカデミーがチェックして、ネットに情報は出ていないはずです。月岡玲奈はどこをどう調べても片桐寛の長女だし、それが重要なのですよ。ただし、真壁さんが取材に行くと言うのなら、お供してもいいですが」

「そうだね。庵堂を連れていくといい。突然襲われても困るから」

「イヤな言い方しないでくださいよ」

真壁は怪訝そうに縁を見たが、縁も庵堂も至極真面目な顔をしている。

「って……え……本当に襲ってくるんですか？　誰がです？」

「吉井加代子。拘置所でも刑務所でも何人か殺っている。それもあって隔離施設のある病院にいるんだよ。その病院でも担当医と看護師と守衛が死んでるし……実際はもっとかも——」

「外国のホラー映画みたいだなあ……」

蒲田がつぶやく。

「彼女はとても上手いんだよ。他人を操ったり、支配する天才なんだ」

「この世に悪魔は実在するんですよ」

そう言う庵堂の眼に初めて素の表情らしきものを見たと、真壁は思った。けれどもそれが嫌悪感か、恐怖か、陶酔か、それとも怒りなのか、判断はつかなかった。真壁はしばらく考えてから、

「俄然、興味が湧いてきましたね」

強がりではなく、そう言った。

事務所に残されたガラクタのうち、壁の時計がカチリと鳴った。

カチ、カチリ、カチ、カチリ……デタラメな時刻を指した時計は振り子を揺らす力もなくて、もう回らない針を苦しげに痙攣させていた。

第三章　隔離病棟の絶対悪

郊外と呼ぶには山奥過ぎる印象の場所に、その病院はあるという。

調べてみると、最寄り駅から途中まではバスが出ているが、その先は時間をかけて歩くか、タクシーを拾って行くしかないようだ。思案していると庵堂が車を手配してくれるというので、真壁は最寄り駅で待ち合わせをすることにした。

四月の第一日曜日。真壁が仕事道具を詰め込んだショルダーバッグを抱えて立っていると、目の前に灰色のレンタカーが滑り込んで来た。運転席を覗き込むと、濃い色のサングラスをかけた庵堂が頭を下げた。縁はいない。真壁は助手席のドアを開けて乗り込んだ。

「すみませんね」

と礼を言い、

「先生は？　一緒じゃないんですか？」

と訊ねると、

「真壁さんのおかげで竹田刑事が電話をくれまして、今日なら都合が付くというので、そちらへ出かけています——」

車を発進させながら庵堂が言う。

「——真壁さんこそ、今日は蒲田さんが一緒じゃないんですね」

「一応誘ってはみたんですがね、今日はのぞね書房で飯野さんの朗読会があるそうで、ポスター用の写真撮影に行くようです」

「飯野さんは雨宮がデビューしたとき営業を担当してくれた彼女ですね。その後は元気にやっていますか」

真壁は鞄を足下に置いて答えた。

「ええ、おかげさまで……って、俺が言うのも変だけど、書店の仕事が楽しいようです。雨宮先生のアイデアで始めた朗読会ですが、思いのほか好調で、最近は絵本だけでなく大人向けの本を読んだりしているようです。今日もそっちのポスターを」

「大人向けの本とは？」

「恋愛小説とかエッセイですかね。試しに始めたら好評で、本の売れ行きもいいそうです。まあ、飯野さんが美人というのもあるんでしょうが。写真映えする顔ですし」

「ファンが多いということですね」

「大なり小なりそれはあるでしょう。姿がいいとか、声がいいとか。書籍売り上げは各社が苦戦してますが、最近はオーディオブックが売り上げを伸ばしてますし。本好きだけど読む時間を取れなくなってしまった人たちが、なにかやりながら聴くんです。長距離トラックの運転手とか、奥さんたちが家事をしながら聴くとかね。飯野さんの場合はそれとまた少し違って、彼女がページをめくるのを実際に見ながら生の声を聴くというのがツボらしいです。読んで欲しい本のリクエストなんかも来るようになったとか」

「朗読を聞いたのに本も買うんですか？」

「そうですね。朗読コーナーに同じ本を積んでおくと売れるそうです。ここしばらくは素人が書いたエッセイを読むイベントをやっているそうですよ。オンデマンドの自費出版本のようですが、まあ、どこで火がついてヒットにつながるかわからないので」

庵堂が黙ったので、真壁は訊ねた。

「今日はどうしてサングラスなんです？」

「吉井加代子に会うからですよ。雨宮のススメでね」

「ボディーガードの凄みが増すから？」

すると庵堂は微かに笑った。

「雨宮はボディーガードと言ってましたが、実際にその手の危険はないでしょう。金網越しでなく直接面談できるとも思えません。そうじゃなく、こちらの瞳を読まれないためです」

「……え」

真壁は思わず眉根を寄せた。真壁は男性ながらに瓜実顔（うりざねがお）で切れ長の目、仏画のような二重瞼（ふたえまぶた）だ。頭髪は薄いが眉は濃く、表情を読まれやすい顔立ちとも言える。それだけに気持ちの下がっているときは作家と会わないし、どうしても合わねばならないときは朝からジムへ行って気持ちを作る。瞳を見ただけで心を読まれるなんて冗談じゃない。

「相手は瞳を読むんですか？」

庵堂はチラリと真壁を見た。

「サイコパスは得意ですよ。特に彼女は瞳孔（どうこう）の大きさで感情を読む。でも、真壁さんが気にすることはないので普通にしていてください。そうでないと彼女を警戒させますし」

「なんかイヤだな。吉井加代子とは具体的にどんな人物なんですか」

そうですねえ。と、庵堂はしばし考え、ハンドルを切りながら唇を歪（ゆが）めた。

「生い立ちなどはわかっていません。いえ、本人の言うことが全く信じられないという意味ですが。片桐医師が彼女を診るようになったのも、人を噛（か）んで鑑定留置されたからだと聞いています。月岡玲奈はその当時で六歳だったということになっていますが、出生届も出ていないので、実際に何歳かはわかっていません」

「人を噛む……相当にヤバそうだなあ」

「野蛮人のようなのを想像すると全く違います。理知的で、実際に頭もいいのでしょう。異常なのは性格というか、資質というか……理解も説明もできませんが」

庵堂は一瞬真壁を振り向いた。

「彼女の夫が面会に行ったときには、襲いかかって頸動脈を嚙み切ったんですよ」

「え……」

その凄惨なシーンが頭に浮かんで、真壁は思わず絶句した。

頸動脈を嚙み切った？　ライオンじゃあるまいし、人間にそんな真似ができるとは思えない。

「それで片桐医師が月岡玲奈を引き取ったんです。当時、吉井一家は夫の実家で暮らしていたのですが、敷地内から夫の両親ほか複数の赤ん坊や子供の遺体が見つかっているんです。多くは白骨化していたそうで、彼らが死んだ経緯については解明されていないんですよ……絶対悪……そういう存在があるとするなら、吉井加代子がそれでしょう」

それから再度真壁に目をやって、

「会ってみればわかります」

と、ニッコリ笑った。

ゴミゴミと建物が並ぶ商店街を抜け、車は国道に出て、さらに進んだ。

見慣れた風景の街に入ると、どこにでもあるような幹線道路を進んで行く。

大型店が建ち並ぶ通りで一時停止したとき、真壁は訊いた。

「庵堂さんは雨宮先生の秘書になってどれくらいですか？」

秘密主義なので答えてくれないだろうと思ったが、庵堂はあっさりと、

「秘書としては五、六年でしょうか」

と返答した。

「先生がデビューしてすぐですね」

「そうなりますか」

二人はどういう関係なのか。恋人か、仕事上のパートナーか。

真壁はそこに興味があったが、ズバリ訊くのはためらわれた。雨宮縁は何歳なのか。男なのか女なのかもわからないので、質問すればセンシティブな部分に触れそうだ。

真壁の気持ちを知ってか知らずか庵堂はすましている。

車は幹線道路を逸れた。学校の近くを通り過ぎ、次第に細くなっていく道を山の方へと上っていく。街中は桜の盛りだが、山に入ると木々はまだ枝ばかりだった。カーナビは奥多摩を指していて、最後のバス停を過ぎたあたりからは人が住む気配すらなくなった。

「こんな場所に病院があるとは知りませんでしたね」

真壁が言うと、

「そうでしょうね」

と、庵堂が答えた。

「この病院も帝王アカデミーの傘下にあります。日本は世界一精神病床数が多い国なんで

すよ。社会に適合できない人の受け皿になっているからですね。薄利なので患者を閉じ込めて利益を上げる。病院によっては酷い環境のところもありますが、人は見て見ぬフリをするんです。実際問題として一般社会全体で彼らの面倒をみることができないからですよ。治療やリハビリを終えたとしても、社会復帰できるルートが確立されていないので」

「そうかー……そっちでも一冊出せそうだなあ」

真壁が呟くと、

「目的を見失わないようにしてくださいよ」

と、庵堂は言った。縁をフォローするときと同様に穏やかな物言いだ。

蒲田も縁もいない状況で、この男と二人だけであるというのが、真壁はとても奇妙な気がした。庵堂の振る舞いは紳士的だが、その奥に得体の知れなさを感じてしまう。雇い主の雨宮縁が覆面を被っているせいなのか、それとも庵堂という男が持つ雰囲気なのか、図りかねる。

「もちろんですが、いや……まさか……」

まさか、なんなのか。自分がなにを言おうとしたのか、真壁自身が見失う。

前方へ続く道路は山肌と崖の間を走っている。崖の下には沢が流れて、曲がりくねった道の先を木々の梢が覆っている。山肌に目を転じると、葉のない木々を透かして頂上の建物が見え隠れした。絶対悪が隔離されていると聞かされた今、その建物は妖魔の牙城を思わせるが、ゴシックな雰囲気を持つはずもなく、白い壁が見えるだけだ。

「月岡玲奈は母親のことをどう思っているんでしょうね」

訊くと庵堂は、「さあ」と、答えた。

「保護したとき六歳くらいなら、母親についてもある程度は記憶があるはずですよね。うーん……調べることは山ほどあるなあ」

そう言いながらも真壁は心で昂揚していた。

とんでもないネタを拾った。黄金社の真壁ではなく、黄金社に勤務しているノンフィクションライターとして出版したほうがいいかもしれない。この本は絶対に売れる。捕らぬ狸の皮算用と嗤われようが、このネタにはヒットの匂いしかない。

真壁は腕組みをして前方を見つめ、最終的には雨宮縁と帝王アカデミー、さらに片桐一家の話を絡めることで二冊は刊行できると考えた。この物語には価値がある。『事実は小説よりも奇なり』を地でいくからだ。

木立の合間を鳥が飛ぶ。ときおりピピーッと奇声を上げて、複数の影が行き過ぎる。茶色くなった昨年の落ち葉を轢きながら、やがて車は病院の前までやって来た。

私立帝王病院と看板があるが、診療項目は表示されていなかった。道の終わりには鉄柵で作られた両開きの門がそびえている。脇に通用口があり、どちらもしっかり閉じられている。敷地を囲むネットフェンスは森へと伸びて、フェンスの上部に鉄条網(てつじょうもう)が巻かれていた。

庵堂は門の前で車を停(と)めると運転席を降りていき、通用口に設置されたインターホンを押した。その間も、真壁は物々しい構えのフェンスを見ていた。病院というより収容施設だ。門の奥へと道は続いて、その両側だけはひらけている。小川があり、池があり、四阿(あずまや)が見える。先はなだらかな丘で、さらに奥まったところに建造物の上部だけが見えた。

庵堂が戻ってきてハンドルを握ると、両開きの門が奥に向かって開かれた。開閉はリモートなのだ。

「なんだか凄い感じですねえ」

映画のようだと真壁は思った。

「精神病院はどこも経営に苦慮(くりょ)しているのに、ここの場合は財政事情が違うのでしょう。有名人が使うような施設も内部にあると聞いています」

そう言って庵堂が視線を動かす先には監視カメラがついている。真壁は不安になってきた。

「俺たちが来たことが帝王アカデミーに知られても、大丈夫なんですかねえ」

すると庵堂は薄く嗤った。

「大丈夫もなにも、これから宣戦布告をするというのに」

「いや、そうなんだけど」

「真壁さんたちは極力今まで通りでいてください。雨宮のことを考えるからややこしくなってしまうんですよ。あなたたちは何も知らない。ただ雨宮に利用され、出版に尽力しただけだ。今日の取材も本を出すための一環にすぎない。あなたをここへよこしたのは雨宮で、あなたは何の事情も知らない。そうしておかないと――」

車が敷地へ入ると門は閉じ、庵堂はゆっくりと明るい森を進み始める。他に車はいないので、真壁の顔をしっかり見据えて庵堂は言った。

「――あなたに早々に危険が及ぶかもしれません。雨宮も自分もそれは望んでいないので」

俺だって望んじゃいないよ。と、真壁は心で言った。

近づいてくる建造物を見ながら、頭の中を整理する。

ここへ来たのは片桐家の取材の一環だ。月岡玲奈の出生の秘密を暴こうというわけでなく、片桐寛の患者を調べていくなかで吉井加代子に興味を持っただけなのだ。と、すれば、質問するのは片桐医師のことだろう。片桐はどんな医師だったのか。殺人者吉井加代子に対する紳士的な振る舞いとか、そういう切り口で面談するのが良さそうだ。

「大丈夫ですか?」

庵堂に訊かれたとき、真壁はようやく、

「任せてください」

　と、編集者の顔に戻って答えた。

　私立帝王病院は通院患者を受け付けていない。それは門が固く閉ざされていることからしても明白だ。駐車場は病棟近くの前庭にあり、道はそこまでがコンクリート敷きになっていた。

　古病院によく見られるように外壁は白一色で、横長の五階建てに、同じような造りの窓が等間隔に並んでいる。意匠もなければ装飾もない。訪れる者の人間的な感覚など一切受け付けないと明言するような見栄えであった。それだけで、真壁はここがどういう場所か理解した。

　有名人が入る病棟さえも、おそらく意匠はないのだろう。娑婆でどんな立場の人物も、ここではただの患者だと、建物が宣言しているかのようだ。情報漏洩には気を遣うとしても、物見遊山や神隠しで訪れる者はいないのだ。ここは本物の収容所。世間から隠されて、捨てられた者たちの鳥かごだ。それが証拠に、駐車場には見舞いに来る一般来院者の車と思しきものが一台もない。広い空間の手前に駐車して、エンジンを切った庵堂に真壁は言った。

「なんだか厭なものを見た気になってきましたよ」

「閉鎖空間ですからね。真壁さんのそれは正しいのでしょう」

真壁のカバンにチラリと目をやり、

「持ち込めるのはボイスレコーダー程度です。プライバシーの問題もあって写真は撮れませんし、スマホも持ち込み禁止です。受付に預けるよりは車に置いていったほうが安全でしょう」

忠告されたので、真壁はボイスレコーダーと手帳と名刺だけを手に車を降りた。

「ちょっと緊張してきました」

「そうでしょうね」

そこからは真壁のほうが先に立つ。

昼下がりの庭には患者らしき人たちがいて、ベンチに腰掛けたり、花壇にしゃがんだり、ボール遊びをしたりしている。看護服を身に着けたスタッフがそうした人々を見守っている。患者の病衣は薄いピンクで、スタッフの看護服は濃い青色だ。濃い色のほうが権利の行使に長けていると感じさせるので、心理的に意味がある色のチョイスなのだろう。

ガッチリとした体格に灰色のテーラードジャケットを着た真壁と、長身に紺のモッズコートを羽織った庵堂の姿は病院の世界観から浮き上がっており、前庭に近付いて行くと、その場にいる全員があからさまな興味の眼差しを向けてきた。凝視することに一切の遠慮がないので、襲われそうな感じがする。真壁はただ前だけを見てエントランスへ入っていった。

受付では面会者の書類に記載をさせられた。吉井加代子の面会者リストは他の患者とは別に作られているらしく、フォルダー状にしてあった。効率重視ということなのか、フォルダーの最上面に新しい紙を挿してから、受付の老看護師がそれを真壁の前に広げて置いた。前の面会者の名前が紙に透けても気にしない。数ケ月前にも吉井加代子を訪ねた面会者がいるようで、真壁は素早く名前を覚えた。どういう関係の人物なのか。名前が女性のものだったので、もしや月岡玲奈の本名ではと考えたのだ。自分の記録も透けると見越して、筆圧をかけずに記入する。

その後は、庵堂が言っていたようにポケットの中まで改められた。規約に則り、凶器となり得るすべての物は持ち込み禁止で、ボールペン、シャープペンシル、車のキーが没収された。退出時に受付へ申し出て返却してもらう。

小型のボイスレコーダーと手帳、短くなったエンピツだけは携帯を認められたが、退出時にはそれを持っていることもチェックするという。なにひとつ持ち込めないし、置いてもこられないというわけだ。

「隔離病棟はこの奥です。一度建物を出てから歩道に沿って歩いて行くと、奥に黄色い建物がありますので、そちらでこれを提示してください」

そう言って渡されたのは入館証で、ストラップはなく、クリップで胸に留める仕様になっていた。

「隔離病棟へ入るときは靴を脱いで頂きます。靴紐を持ち込めませんので」

受付の老女は真壁の足下を見て言った。歯を見せれば損をするとでも思っているのか、無表情で愛想がなく、人生に疲れ切った顔をしている。

その場に立って入館証を着け終えたとき、老女はすでに受付から消えていた。

エントランスホールは天井が二階の高さまでの吹き抜けで、外壁側に同じかたちの窓が、同じ間隔で上下二列に並んでいた。すべての窓に鉄格子があって、窓枠デザインのように見せてある。室内の壁も真っ白で、絵画などの装飾品は一切なく、花瓶も花も飾られていない。受付の奥は看護師たちのブースだが、どちらが患者かと思うほど無表情なスタッフたちが、それぞれ立ったり座ったりしていた。

どこかで『きゃーっ』と悲鳴がしたが、誰一人驚きもしなければ、顔も上げない。

また『きゃーっ』と声がして、悲鳴はいつしか笑い声に変わった。

(行きましょう)

庵堂に囁かれたので、その場を離れた。

高窓から差し込む光で、窓枠の影が床から壁へと折れ曲がっている。影の一部を踏んで廊下を行くとき、精神病棟という場所は白昼夢を見ているようだと真壁は思った。白く塗られた鉄格子の向こうに庭が透け、表情に乏しい患者たちにも木漏れ日が差している。淡い絵画のような光景からすっぽりと抜け落ちたものを真壁は想い、人間とはなんなのだろうと考える。ああ、そうか。雨宮縁もこれに似ている。本性を持たない者、本質を見せない者。俺は雨宮が生み出す作品を愛しているが、雨宮本人を愛しているわけではない。

なぜならば、雨宮縁には本性がないから。

廊下の突き当たりに外に出る扉があって、手すりを配した細い小道が坂の下へと続いていた。

小道の周囲は鬱蒼とした森で、前庭のように手入れされた明るい森ではなかった。雑木のジャングル、手つかずの藪、小道の下は崖であり、落ちたら最後、イバラに絡め取られて這い上がることができないのではと思われた。ヤバイ気配がビンビンとする。気持ちを表す言葉もなくて、真壁は無言で先へ行く。背の高い針葉樹のせいで光は届かず、苔と湿った土の匂いがしていた。木立の奥に見え隠れするのは、なるほどかつては黄色だったらしき建物だ。壁にはびこる黴や地衣類のせいで、いまや薄汚い錆色になっている。

こちらの建物は窓が小さく、細長い。すべてに鉄格子が塡め込んであるが、内側から塞がれている窓もいくつかあった。側面に小さな入口がひとつあり、入口の脇に比較的大きな窓がある。この窓も鉄格子が塡められていて、中に守衛の姿が見えた。ギョッとしたのは、それが背の高い黒人の、プロレスラーのような男だったからだ。

真壁は足を止め、庵堂を振り向いた。庵堂が頷いたので、ジャケットの裾を引っ張って入口へ向かう。ノックする前にドアが開いて、プロレスラーが外に出てきた。

「黄金社の真壁ですが」

胸の入館証を示して言うと、守衛はドアに手を当てたまま、入れと二人に顎をしゃくった。

内側は二畳程度のホールであった。ホールの先には刑務所さながらの鉄格子があり、奥行き三メートルほどの廊下の奥にも鉄格子がある。いちいち解錠してからまた施錠する仕組みのようで、守衛は腰にジャラジャラと鍵をぶら下げていた。この建物は手前にあった棟より古いらしく、オートロックではないようだ。入口のドアをロックしてホールに立つと、守衛はいきなりこう言った。

「テツゴウシに触れるのダメね」

「はい？」

真意がわからず訊き返すと、守衛は小馬鹿にしたような、憐れむような目を真壁に向けた。

「吉井加代子と面会するトキ、テツゴウシから離れていること」

それでもまだキョトンとしていると、大きな溜息を吐いてから、

「なんで面会したいのアナタ？」

と訊いた。

「取材です」

「レコーダー？」

真壁はボイスレコーダーをポケットから出した。

「ＯＫ。エンピツ？」

短いエンピツと手帳を見せた。

守衛はサンダルを二足出し、靴を脱いで履き替えろとジェスチャーで示した。素直に靴を履き替えると、彼は鍵を取り出して、ホールから廊下へ出る扉を開けた。

「カヨコはあなたに何か言う。わざと小さな声で言います。『え。ナンデスカ』」

そこで振り向き、自分の耳を指でつついた。

「ナンデスカ？　アナタ近付く。聞こえない、ナンデスカ？」

彼は「シュ！」と、音を立て、自分の耳を切る仕草をした。

「ＯＫ？　ダカラ近付かない。アナタの、耳……」

モグモグと口を動かし、ペッと吐き出す。真壁は庵堂を振り向いた。

「近付けば喰われるってことですか」

庵堂は守衛を見つめて、「I got it」と答えた。

「イロイロやります。ナンデモやる。テツゴウシに近付かない。触れるのもダメです」

「わかりました」

と、真壁は言った。

「ドウシテあれに会いたがる。理解できナイ」

守衛は真壁に顔を向け、「モノズキ」と、眉をひそめた。


短い廊下の奥の鉄格子を開くと、そこから一気に空気が変わった。

建物自体の湿り気とは別に、汚物や吐瀉物の臭いを感じた。それが消毒液の匂いと混じって生理的嫌悪感を刺激してくる。その病棟には新鮮な空気がなかった。死んだ者の気配ではなく、生きていない者の気配に満ちていた。

守衛は先に立って廊下を進んだ。両側に病室らしき部屋が並んでいるが、なぜか看護師の姿が見えない。この階は空き部屋ばかりなのだろうかと考えて、真壁はドアを覗いて見たが、付いている窓が小さいうえに、中が暗くてよく見えない。昼間なのになぜ、こんなに病室内が暗いのだろうと考えながら歩くうち、何室目かで気がついた。病室内の窓が内側からボードで塞がれているからだ。ボードに開いた無数の穴から外光が差し、その筋が空間を縞模様に切り裂いている。

真壁はようやく気がついた。無人ではなく、人がいる。暗がりにうずくまって、自分だけの夢を見ている。心と肉体が乖離しているから、光も空気も必要ないのだ。ここはそうした者たちの病棟だ。

階段を上がって別の階へ行く。こちらのほうが明るいわけは、針葉樹の隙間を抜けて来る光のせいだ。ひっきりなしに誰かの呻く声がして、

「うるせえぞ！」

と、叫ぶ声もした。

ガンガンガン。ガンガンガン。

鉄格子を叩く音が響いて、悲鳴と同時に前方のドアから指が突き出た。遠目に見ても薄汚れていて血まみれの指だった。目的も果たしていないのに、ゾッとして真壁は帰りたくなる。心の感染が怖かった。病原体ではないものに自分が侵蝕される気がした。（精神科病院は）社会に適合できない人の受け皿になっているという庵堂の言葉を嚙みしめた。

「こっち」

と、守衛が二人を促す。

ガンガンガン。鳴り止まない音と、叫び声。やがて廊下をやって来る足音がして、

「静かにしなさい」

と声がした。老齢の女性の声だった。

守衛はさらに廊下を進み、鍵で階段室の扉を開けた。

「この上です」

真壁らを入れて鍵を掛け、三人並んで階段を上る。壁のペンキは剝げかけて、ライトにも網目状のカバーが掛けられ、階段周りの壁には血で汚れたようなシミがある。空気は冷たく、消毒薬の匂いがして、下の階とは打って変わって静かであった。階段室の上でまた鍵を開け、守衛は真壁らを先に通した。再び施錠して廊下を進む。

この階のみは、廊下の左右にある部屋がすべて空き室になっていた。扉が開け放たれたままなので内部の様子が見てとれる。一部屋の大きさは六畳程度。ドアの反対側に窓があり、やはり鉄格子が塡まっていた。カーテンはなく、磨りガラスに森が透けている。天井は高く、高い位置にも窓があり、その窓のみは開閉可能なようだった。ベッドがひとつ。他にトイレと洗面所が作り付けになった、刑務所のような部屋だった。

別の部屋はすべての壁がクッション材で覆われていた。ベッドはなく、マットレスだけ。洗面所もなく、バケツがひとつ置いてある。バケツは塩ビ製で蓋もなく、マットレスに拘束具が付いていた。壁のシミ、床のシミ、ドアノブの錆、鉄格子の錆、すべてが血の跡に見えてくる。ここに入れられた人たちの、心の闇と恐怖を感じる。絶望も。

決して来てはいけない場所。刑務所よりもおぞましい場所。

様々な想像が脳裏を過ぎり、真壁は顔が強ばった。

「ここです」

突き当たりに猛獣の檻さながらの鉄格子があって、内部が空間になっていた。四室程度を壊して繋げ、三分の一を横長の病室に、残りを広い前室にした感じである。明らかに違う雰囲気を持つ場所だった。

前室にベンチがひとつあり、奥の病室とは鉄格子で分けられている。檻は素通しになっているので、その部屋の住人にはプライバシーがない。広い病室は二方に窓があったが、どちらもパネルで塞がれていた。ベッドがひとつ。造り付けのシャワールームとトイレがひとつ。洗面所とテーブル。驚いたことに、テーブルの上にはパソコンが載っている。特筆すべきは本棚で、専門的な書籍がびっしりと並んでいた。サイドテーブルには水槽が置かれ、中でメダカが泳いでいる。水草のジャングルを泳ぐ小さな魚だけが、独房のような部屋で唯一の癒やしだ。おそらくは治療のためのアイテムだろうと真壁は思った。

病衣ではなく臙脂色のつなぎを着た女がひとり、ベッドに腰を掛けて本を読んでいた。白髪交じりで灰色になった髪をベリーショートに刈り上げて、薄い体の背筋を伸ばし、本に視線を注いでいる。守衛が前室の檻を開けて真壁らを中に入れたときも、ピクリとも動かなかった。

重い扉をガシャンと閉めて、守衛が施錠したとき真壁は思った。

これじゃ俺たちも逃げられない。つまりは鍵の内側で何が起きても、吉井加代子だけは檻から出さない措置なのだなと。

「十五分だけ」

守衛はそう言って、ベンチにドスンと腰掛けた。両脚を前に投げ出してから、

「鉄格子には近付かないで」

と、釘を刺すのも忘れない。檻に入った女を前に、真壁はレコーダーのスイッチを入れた。

「吉井加代子さんですね」

鉄格子に近付くなと言われているので、一メートルほど離れた場所まで進んで言った。

「自分は黄金社で編集をしている真壁という者です。少しお話しを伺いたくて参りました」

女の横顔をじっと見る。骨張っているが透明感のある肌で、美人と言っていい顔立ちだ。眉は薄く、鼻梁も細く、唇も薄い。額が広く、頬骨が張り出していて、二重瞼の大きな目をしている。刈り上げた髪がよく似合い、戦士と学者を足したような雰囲気だ。真壁は彼女の特徴をいちいち言葉に起こして記憶した。いつか本にするときのためだ。

「あなたの主治医だった片桐寛氏について伺いたいのです。覚えていらっしゃいますよね？　クリニックを経営していて、あなたは彼の患者だったはずですが」

女は顔を上げようともしない。

「なんの本を読んでおられるのです？」

覗いてみたが、外国の文字が並んでいた。

静寂。

それとも緊張。

疑念、意地、冷酷……無関心と言ってしまうにはあまりにも濃い時間が流れる。真壁は皮膚がチリチリする感じを味わった。俺も男だ。それにこっちは編集者だぞ。根比べのような気分で女を見つめた。

女は瞬きをほとんどしない。やや受け口で、薄い下唇が前方に突き出している。その唇の内側に、線のような傷跡があった。唇の形に沿ってできた瘡蓋だ。本に添えた指は骨張って、爪と指の隙間から出血していた。血は乾ききっていて、湿った泥がこびりついているかのようだ。なにもない室内には破かれた本のページがアートのように置かれていた。丸めたり、折ったり、千切れたり、パズルのように組み上げられたりしている。

「この人は話せないんですか？」

挑発してみようかと考えて、守衛を振り向き、訊いてみた。

巨漢の守衛はベンチを覆い隠すように座ったまま、首をすくめてニヤリと嗤った。

なんだよ。

溜息交じりに正面を向くと、目の前に女がいたのでギョッとした。色の薄い大きな瞳、しかも何の感情も含まないそれが真壁を凝視していたのである。

真壁は瞬時に女に呑まれた。言葉も出せぬまま、衝撃的な恐怖に打たれた。

女は両手で鉄格子を摑んでいる。指先は血で汚れ、浮き上がった爪の下から新しい爪が生え出している。握った拳は骨の部分が変色してひび割れ、皮膚の一部が剥落している。女が近くへ来たとたん、強いアンモニア臭がした。

「……あ……どうも」

思わず間抜けな一言を発した。すると女は声もなく、ニッと口を開けて嗤った。その笑みがあまりに異様で、真壁の視線は女の口に釘付けになった。唇の内側は、やはり線状に切れている。なぜそうなったのか理解した。

女は歯にシリコンのマウスピースを被せていた。半透明なので美容目的ではない。前歯を覆うカバーに実際の歯が透けて、唇にできた傷の理由を真壁に示す。女の前歯は鋭角に研がれて牙のようになっており、それが唇を傷つけたのだ。マウスピースを着けているわけは、鋭利な歯先で自分自身を傷つけないためだ。彼女は夫の頸動脈を食い千切ったという。この牙ならば可能だろう。近付けば耳を喰われると守衛は言った。それも容易いことだろう。それらの話が決して大げさではなかったことを真壁は知った。

目の前にいるのは人間か、これは人間の女なのか、衝撃のあまり言葉が出ない。

「名刺」

と、女は低い声で言い、鉄格子の隙間から腕を伸ばして手を広げた。

真壁は守衛を振り返り、反応がないので名刺を出した。庵堂が間を詰めてくる。一枚抜いて渡そうとしたとき、突然腕を摑まれて首筋を嚙み千切られる幻影を見た。

真壁は名刺の端を指先でつまむと、怖々と彼女に差し出した。

その瞬間、女は鉄格子に体当たりしてきた。

咄嗟に庵堂が引き寄せてくれなかったら、どうなっていたかわからない。

動物園の猿に餌をやるようなへっぴり腰で、真壁が名刺を差し出すと、女は真壁を睨んだままで指先の名刺をゆっくり奪った。細い舌で唇を舐め、つなぎのジッパーを引き下げる。

女は下着をつけておらず、真っ白な肌が臍の下まで露わになった。細い舌をチラつかせながら、女は真壁の反応を観察している。なにくそと真壁は思い、動じることなく見つめ返した。そして、死んだ医師や看護師と、女の間に何があったか、想像が付いたと思った。何人かは欲情のまま鉄格子の中へ入って死んだのかもしれない。

真壁の名刺を自分の下腹部に挿し入れてから、女は何事もなかったかのようにジッパーを上げた。

「聞かせてください。片桐氏とあなたはどういう関係だったんですか」

「医師と患者」

女は答えた。

「……男と女……聖者と賢者……愚者と魔物……獣と獲物……」

そしてまたニタリと嗤った。

「本を書くのかい？　私の本を？」

「いえ。あなたではなく、片桐氏の本です」

「そう」

女は指先で鉄格子を弄び、科を作りながら鉄格子の中を行って戻った。顔を斜めに傾けて、上目遣いに真壁を見返す。その視線が時々庵堂のサングラスに留まる。

さしずめ自分の瞳孔は読まれているのだ。悔しいが、こっちは普通の人間だからな。

真壁は激しいアンモニア臭に耐えきれなくなってきた。このまま こいつと対峙していたら、世界中の女が怖くなる。いや、女じゃなくてバケモノだ。絶対悪。と、頭の中で庵堂が言う。

「片桐先生のところには……」

真壁が話し始めたとき、女は突然笑い始めた。

背中を反らせて天井を向き、膝からくずおれるようにして笑う。

あーははは……あははははは……。

「静かにしなさい！」

と、守衛が言った。声はきついが、ベンチから立とうともしない。

あははははー……あーははは！

そしてピタリと笑うのをやめた。

「ヒントをあげる……満月よ」

「は？」

なにを口走ったのか理解ができずに真壁が訊くと、女はクルリと踵を返し、部屋の隅へと行ってしまった。歩きながらジッパーを下ろしてつなぎを脱ぎ捨て、全裸になった。女の体は痣だらけで、特に下半身はひどかった。何をどうしたらあんなことになるというのか、傷は古いものも新しいものもあり、たるみ始めた皮膚が引き攣れていた。

立ち止まって真壁に全身をさらしてから、女はシャワールームへ入っていく。半透明のアクリル板に下半身の茂みが透けている。女はゆっくりシャワーのコックを捻り、返す手で真壁の名刺を摘まむと、アクリル板の上から投げ捨てた。水音が響いて、守衛が立った。

「時間です」

鍵の束をジャラジャラ言わせて、出口のほうへと顎をしゃくった。庵堂に袖を引かれるまで、真壁は鉄格子の奥から視線を戻すことができなかった。

前室を出て廊下を進んでいくときに、真壁は不意に気分が悪くなってよろめいた。庵堂が腕を支えて、「大丈夫ですか」と訊いてくる。

答えようと思ったが、全く大丈夫ではなかったので黙っていた。

踵の低いサンダルですら、ときおり踏み外しそうになりながら階段を下り、守衛室に戻って靴を履き、ようやく屋外に出たときは、湿ってかび臭いと思っていた空気の旨さに愕然とした。隔離病棟内部の空気は、この世のものとは思われなかった。歩道の途中でしゃがみ込み、真壁は吐き気を必死に堪えた。なにを見たのかわからない。漠然と追いかけていたネタの背後に、こんな闇が口を開けているとは思わなかった。いったいなにを目撃したのか。

自分はずっと特異なネタを追いかけてきた。だから、多少のことでは動じない図太さを持っているはずだった。けれども吉井加代子は想像の範疇を軽々と越えてきた。恐怖、嫌悪感、底冷えのする残酷さ、それらが突然、実体を持って目の前に現れたという感じ。彼女はそういう生き物だ。

真壁はようやく雨宮縁が憑依作家を続ける所以が理解できたし、瞳を隠すためにサングラスをしてきた庵堂を小心者と嘲笑う気持ちも消え失せた。あんな生き物がこの世にいるのか。あんな生き物が普通の人と同じ世界で暮らしていたのか。信じられない。

庵堂は脇に立ち、真壁が回復するのを待っていてくれた。

雑木の森は絡み合い、朽ち葉の匂いが湧いてくる。

「また俺に……とんでもないネタを振ってきましたね」

恨みがましく愚痴を言うと、庵堂はしれしれと、

「真壁さんのお望みでしょう」

と応えて笑った。

「汝が深淵を覗くとき、深淵もまた汝を見ている……たしかニーチェの言葉でしたか
……」

庵堂はそこで息を吸い、

「覗けるから、いけないんですよ」

と、言った。

「吉井加代子は良くも悪くも他人に影響を及ぼすんです。アレと対峙して気持ちが悪くなった真壁さんのようなタイプはいいですが、彼女は毒に毒を注いで花開かせる悪そのもので、ある種の人間にとっては限りなく魅力的です」

真壁はようやく立ち上がり、髪を掻き上げてからシャツの襟を直した。

「すみません。もう大丈夫です」

「では行きますか」

細い通路を別棟に向かって歩きながら、庵堂の背中に問いかける。

「庵堂さんはなぜ雨宮先生の秘書をやってるんですか？　あんな女や、サイコパスとも関係があるアカデミーと関わっていたら、命が幾つあっても足りないでしょうに。法外な報酬をもらっているとも思えないし」

「そこに興味が？」

庵堂は足を止め、

「報酬が法外だから、ということにしておきましょう」

と、白い歯を見せた。

「まだ払ってもらっていませんが」

冬枯(ふゆが)れの木立を抜けてくる太陽の光はシャワーのように森を照らして、下草が金色に輝いている。遠くでウグイスの地鳴きが聞こえ、真壁は深く息を吸う。

もう一度、今度は普通病棟へ入らなくてはならない。早いところ受付を通って外に出たい。そのためならば、あの無表情な老看護師の顔をまた見ることも厭(いと)わない。吉井加代子の衝撃的な裸体が脳裏に焼き付いて、記憶に侵蝕される恐怖を感じる。白昼夢さながらの病院を出て、何もかもすべてを消し去りたい。せめていつか本にするときまでは、彼女の毒に触れずにいたい。あんな恐怖が世の中にあることも、可能であれば忘れたい。

「ちくしょう」

誰にともなくそう言って、真壁は普通病棟のドアをくぐった。

第四章　戦利品

真壁と庵堂が吉井加代子の病院を訪問しているとき、雨宮縁は黄昏のマダム探偵響鬼文佳に扮して永田町にいた。国会前庭公園で警視庁捜査一課の竹田刑事と会うためだ。

今日の文佳はグレーのセーターに白のデニムパンツで、和風に設えられた池の畔で竹田を待つ。豪華な巻き髪はひとつにまとめ、帽子を深めに被っている。派手にならないよう気をつけたのは、刑事は目立つことを嫌うと知っているからだ。池の畔にはベンチもあるが、文佳はベンチの反対側にあるツツジの植え込みにひっそりといた。この季節、人は桜が咲いている方へ集まっていく。文佳の近くにいるものは、池で狩りをしているアオサギだけだ。

「待たせたな」

ものの五分ほどで声がした。芽吹き始めた灌木の陰に小柄な男が立っている。歳の頃は五十過ぎ、日に焼けて皺の多い顔に脂ぎったおかっぱ頭で、年季の入ったトレンチコートを羽織っている。今どき刑事ドラマの主人公でもトレンチコートは着ないだろうが、それ

が妙に似合うのだ。文佳はニッコリと微笑(ほほえ)んで、

「どうも。ご無沙汰(ぶさた)しています」

と、頭を下げた。

以前竹田と会ったのは、銀座(ぎんざ)の裏通りのそのまた裏の、老齢のママが切り盛りしているバーだった。そのときも真壁につなぎをつけてもらって、連続殺人犯の逮捕に一役買ってもらったのだ。自己紹介はしない。そっちの紹介も必要ない。竹田はそう言ったけれども、文佳が作家であることも、ミステリーを書いていることも、担当編集者が真壁であることも知っている。そのとき文佳が真壁に流させた情報で、彼は白星を挙げることができた。

「なんでえ。今日は一人かよ？　真壁の野郎はどうしやがった」

「私の秘書と取材に行ってる」

風に乱れた髪を小指にからめて耳にかけると、竹田は「ふん」と鼻を鳴らした。

「実は、また……」

スマホを出すためにバッグを体の前に寄せると、竹田は周囲を見渡して、

「ここは職場に近くてな」

と、ブツクサ言った。

こっちへ来いと歩き出すので少し離れて付いていくと、いかにも人が寄りつかなそう

な、寂れた四阿の中へ入った。スペースは広いが暗くてジメジメと湿っていて、とても利用しようとは思えない雰囲気がある場所だ。天井を含め四方が壁に囲まれていて、外から覗かれる心配もない。座れば尻が汚れそうなベンチに竹田は腰掛け、

「今度はなんだ」

と、文佳に訊いた。文佳はバッグからハンカチを出し、ベンチに敷いて、その上に腰を下ろした。竹田と隣り合う席である。香水の匂いが気に障ったのか、竹田は乱暴に鼻を拭って、十センチほど文佳から離れた。かまうことなくスマホを出して、文佳は言う。

「日本に於ける連続殺人鬼の出現は海外に比べて少ないそうよ。それは住宅事情が関係しているからだとか。日本の家屋は狭いから、殺人を隠すのが大変なのよ」

「ああん？」

と、竹田は不機嫌な声を出す。かといって怒っているふうもない。呼び出された理由が愛の告白ではなく殺人事件の話で、少々不満だったのかもしれない。文佳はスマホの電源を入れた。

「でも、環境が連続殺人に向いていないからといって殺人鬼が生まれないというわけではないわ。個別の事件と思われて、警察が連続性を見落としているだけかもしれない」

「なにが言いたいんだ」

竹田は訊いた。前回のこともあり、頭ごなしに否定はしないが、眉間に縦皺を刻んで険

しい顔を作ってみせる。薄くルージュを塗った唇で、響鬼文佳は微笑んだ。

「二週間近く前、埼玉のカラオケバーで若き女性経営者が殺害された。池田都美、二十五歳。犯人はストーカーと思しき男で、重要参考人として身柄を確保されたけど、すぐに釈放されたわね。その後、事件に進展は？」

「知らねえよ」

と、吐き捨ててから、

「知ってたとしても、関係のない奴にベラベラ話すか」

と、竹田は言った。

「話して欲しいなんて言ってないのよ？」

文佳は竹田に流し目を送り、

「事件の話を聞いてるうちに閃いた、ミステリー作家のアイデアを聞いて欲しいだけ」

長い脚を組み直した。

「ここ数ケ月の間に同様の事件が複数件起きているわよね。ご存じかしら？　最初は居酒屋の女性アルバイト。次は無名の地下アイドル。スポーツジムのインストラクター。そしてカラオケバーの経営者。もっとあるかもしれないけれど、私が知っているのはこれくらい。昨今はＳＮＳを調べれば相応の情報が手に入るから……被害者は全員が若い女性で、ある特徴を持っている。共通することのひとつとして、被害者たちは全員がＳＮＳを使って自分自身をアピールしてたの」

竹田は文佳から顔を背けた。顔色を読まれたくないからだ。

「耳」

と、文佳はゆっくり言った。

「次が指」

と言ったとき、竹田の手がピクリと動いた。

「鼻……そして瞼」

竹田は振り向き、苦虫を嚙みつぶしたような顔で唸った。

「……なにが言いてえんだよ、あんたはよぅ」

「ミステリーのアイデアよ？　そう言ったじゃない」

「なんなんだ。喰えねえ女だぜ、ったく」

文佳はスマホを出すと、被害者たちの写真を並べて作った画像を竹田に見せた。

「殺された女の子たちには共通する特徴があるの。ひとつは、どの被害者もストーカー被害に遭っていたこと。警察もストーカーの特定を急いだはず。でも、犯人逮捕に至っていない。もうひとつは容姿よ。居酒屋でバイトをしていた女性は耳に複数のピアスホールを開けていたし、イヤーカフも付けていた。輝く耳よね。常連客からのプレゼントも多かったようで、プレゼントを競わせるかのように、その都度ＳＮＳで発信しているわ。フォロワー多数の人気者だから効果覿面（てきめん）だったのじゃないかしら……地下アイドルだった少女は仕事帰りに襲われた。彼女は指輪フリークで、小指、人差し指、薬指に指輪をつけている。薬指には複数の指輪を重ねづけして、それがトレードマークだったみたい……インストラクターの彼女は長い髪、鼻のピアスがよく目立つ。一カラットのダイヤを使った鼻ピアスを買うのが夢で、殺害される数日前に、ついに購入できたとSNSに載せている……カラオケバーの経営者は、瞼にアイリッドを塡（は）めていた。アイリッドは上級者向けのボディピアスで、装着するのは難しいみたい」

そして竹田の顔を見た。

「被害者は全員が看板娘。大きな世界のアイドルではなく、ごくごく狭い世界に熱狂的なファンを持つ。だから、ストーカーがついても驚かないわ。彼女たちは意図してファンをひきつけた。異常な執着（しゅうちゃく）を持つ者が生まれることなど危惧（きぐ）せずに」

「だから、なんだ。どうしてそれが連続殺人になるんだよ」

「本当に連続殺人か知りたくて、竹田刑事に相談してるの。私はね」

「俺は何も話さねえぞ」

「アイデアを聞いて欲しいだけだから話さなくてもかまわない……これが本当にストーカー殺人なら、連続殺人にはなり得ないのよ。なぜならストーカーは一人に固執するから、同時期に何人もの相手を追ったりしない。でも、もしも、これが連続殺人ならば、犯人は次第に犯行をエスカレートさせていくはずよ。衝動と快楽が直結しているから、成功したら味を占めて止まらなくなるの。日本には連続殺人鬼が少ないと言われているけど、少ないのではなく、犯行を起こしにくいだけだというのはさっきも言ったとおりだわ。彼らは条件さえ合えば人を狩る。何人狩ろうと満足しない……あと、ほかに考えられるのは妄想殺人ね。犯人は被害者に自分を重ね、被害者に妄想通りの人生を送らせようとする。被害者と自分の距離が近すぎて、被害者に理想を重ねて生き甲斐にする。だから、もし、相手が理想から外れてしまうと、それが許せなくて殺すのよ」

どう？　というように文佳は竹田を見つめたが、竹田は話がつまらんとでも言うように、溜息を返しただけだった。文佳は言った。

「犯人が戦利品を持ち帰ったかどうかが見分ける鍵よ」

竹田は地面を眺めている。

「耳とか、指とか、鼻とか、まぶ……」

唐突に、竹田が文佳の腕を摑んだ。

「どっから情報を仕入れてやがる」

息がかかるほど顔が近付き、目と目が合って、文佳は腕を振り払う。竹田は「けっ」と吐き捨てて、脂っぽい髪をガシガシ掻いた。

「ったく……作家って人種はよ……油断も隙もありゃしねえなあ、おい」

それから数秒黙っていたが、

「真壁の野郎の入れ知恵か？」

と、ボソボソした声で訊ねた。

「真壁さんは関係ないわ。私が勝手に興味を持っただけだから」

「新作のネタを探していたら、たまたま拾ったとでも言いてえのかよ」

「竹田刑事はご存じないかもしれないけれど、作家の妄想力って凄いのよ？　それで食べてるんだから、当然ね」

スマホから画像を消して電源を切ると、文佳はそれをバッグにしまった。

「浅草の地下アイドル以外は管轄が違うから、警察で情報が共有できていないんじゃないかと思ったけれど、違うのね？」

「警察も進化してんだよ」

「竹田刑事は地下アイドルの事件を担当してる？」

竹田は文句を言いたげに唇を動かしたが、

「捜査本部に出張ってはいるよ」

と、素直に答えた。

「てか、あんた。他にも情報持ってんのかよ？　あんた的には、これが連続殺人事件と思ってんのか？」

「思っているわ。根拠はいま話したとおり。被害者からそれぞれの部位が奪われていたなら犯人は一人よ。管轄警察に聞いてみたらいいわ。どんなふうに持ち去られたか」

「指はな……」

と、竹田は言った。膝の間に腕を入れ、自分の薬指を確かめながら、

「奇妙な感じに切られていたよ」

「奇妙って？」

竹田は指を引っ張った。

「奇妙としか言えねえんだよ。そもそも、なんで指だったのか、全く以てわからなくてよ。凶器は大ぶりのアーミーナイフだ。グリップの近くにギザギザが付いているヤツな。それを持っていたわけだから、指を切るのは容易いはずだ。ところが、指を切るのにナイフは使ってねえんだよ。被害者が襲われたのはトンネル通路で、いつ何時ほかの歩行者が来るかもわからねえから、犯行にはさほど時間をかけられなかったはずなんだ。それなのに」

「ナイフを使わずに、どうやって指を持ち去ったの？」

訊ねる声に力が入った。竹田は自分の指を持ち、逆方向に折り曲げる仕草をした。

「被害者の着衣だが、袖の部分に被害者自身の血が付いていたんだよ。刺されて出た血じゃなくて、擦ったような跡だった。初めに見たときも不思議だったんだが、同じほうの薬

指が欠けていた。それでわかったのは、犯人が被害者の腕を、こう……」

竹田は文佳の腕を取り、自分の胸に抱えて文佳の薬指を握った。

それを逆方向へ曲げる真似(まね)をする。

「そのとき、犯人の体に飛んだ被害者の血が、被害者自身の袖口部分に付着したんだ」

「切り離す前に、薬指を一度折ったのね？」

「そうだ。指を折って関節から外し、骨ごと引っ張ってから、伸ばした皮膚を切ってるんだよ。ずいぶんな念の入れようだ。なんでそんな真似をしたのか……凶器もまだ特定されていないしな」

竹田から腕を引き抜いて、文佳は頷(うなず)く。

「たしかに。どうしてそんな面倒臭い真似をしたのかしら……埼玉の事件で瞼を切った凶器と、比べてみるといいと思うわ。同一犯なら同じ凶器を使ったはずよ。犯行が儀式みたいなものだから。あと爪は？ 被害者は豪華なネイルチップをしていなかった？」

「なんだ、ネイルチップって」

「もう……こういうヤツよ。爪を飾るの」

ネイルチップを施(ほどこ)した爪を見せると、竹田は「ああ」と、頷いた。

「キラキラゴテゴテしていたな。残っていた指全部」

「指が被害者の象徴だったのね。それにしても……」

「薄気味悪いな」

「だれ？　私？」

「犯人のことだよ」

竹田は文佳を見て言った。

「それに気がつくあんたもだ。まともじゃねえぞ」

「作家ですもの」

竹田はおもむろに立ち上がり、

「所轄と連絡取ってみるわ。これが連続殺人ってことになると、まさか、まだ被害者が出るってことか？」

「可能性はあると思う」

「看板娘を狙ってるってか？　犯人はネットで探してる？」

文佳は微笑みながら首をすくめた。

「竹田刑事が色々と教えてくだされば、私も色々なアイデアをお話しするわ。ああ、そうだ。この前は断られちゃったけど……」

そう言って名刺を一枚差し出した。

「私の連絡先よ。着信拒否はしないから」

竹田は名刺を受け取りながら、

「必要があれば俺からかける」

と言って、自分の名刺は渡さなかった。

「渋い昭和の男のつもり？　もう令和なのに」

うるせえ、と吐き捨てて、竹田は四阿を出て行った。木々の間をおかっぱ頭が去って行く。時代がかったトレンチコートが風を孕んで、古い映画で観る刑事さながらの後ろ姿だ。文佳もまた立ち上がり、ベンチに敷いたハンカチを回収し、バッグを持ち上げたとき、電話が鳴った。

「はい。もしもし？」

「庵堂です」

腕組みしてからスマホを耳に押し当てた。

「間もなく都内に入りますが、そちらへ回ってピックアップしましょうか」

優秀な秘書ね。と、文佳は笑った。

「真壁さんは、まだ一緒？」

「ここにいますが。代わりますか？」

「竹田刑事と話したの。車なんか返してしまって、一緒にお食事どうかしら？」

庵堂は一呼吸置いてから、

「では、真壁さんと代わります」

と、電話を代わった。『真壁さんは私立帝王病院で酷い目に遭ったのだから、ガード下の居酒屋じゃ満足しませんよ』と、暗に訴える声だった。

竹田が去った方角には、警視庁本部のビルがそびえている。公園の中は静かだが、道路を走る車の音がときおりブオーッと響いて消える。

天空の摩天楼を見上げて、響鬼文佳は息を吐く。

水色の空に小鳥の影が過ぎっていった。


吉井加代子との面会が強烈すぎて、真壁がかなり消耗したと聞いたので、文佳は九段下のビル地下にある和風懐石の店を個室で押さえた。普段は庵堂が店を手配してくれるのだが、レンタカーを返却に行っているので仕方がない。

場所と時間をメールして一足先に入店すると、文佳は個室で二人を待った。シャンパンを頼んでメールニュースをチェックする。カラオケバーの事件について、追加報道はされていなかった。

文佳が店に入って二十分後。庵堂が真壁を連れてやって来た。

憔悴していると聞いたとおりに、真壁にはいつもの覇気がない。二人を個室へ案内してきたスタッフに、文佳は生ビール三杯と、コース料理の準備を頼んだ。

「悪いけど、勝手にコースを頼んでおいたわ。真壁さんはお疲れで、気を遣わせても悪いから」

「ありがたいですね」

と、つっけんどんに言いながら、真壁はおしぼりで顔を拭った。

「それで、どうだった？　吉井加代子の印象は」

「何も言いたくありません。鼻の奥にまだ病院の臭いが貼り付いている気がします」

文佳は庵堂を見て首をすくめた。

「そっちはどうだったんですか。竹田刑事とは会えましたか」

庵堂に訊かれて文佳は答えた。

「会えたわ」

そこへお通しと前菜が運ばれてくる。全員にビールが行き渡るのを待ってから、文佳はグラスを掲げて乾杯をした。真壁の吞みっぷりは凄まじく、たちまち半分以上を空にした。

「もう一杯ビールを頼む？　それともほかの飲み物にする？」

「ビールをください」

言うが早いか吞み干したので、庵堂が追加を頼みに行った。

真壁はおしぼりで鼻の下を擦ってからテーブルに肘をつき、斜め前の席に座る文佳を見つめた。

「怖かったですよ」

ポツンと呟く。

「もう昔のことですけどね、若い頃にヤクザの事務所を取材に行って、チンピラに囲まれたことがありましてね。そのときも相当に肝を冷やしましたけど、あれの何倍も恐怖を感じました。思うに……」

庵堂が持って来たビールを受け取り、またもゴクゴク呑んで言う。

「ヤクザはまだ、話せばわかる雰囲気がありましたけど……きちんと筋を通しさえすれば、滅多なことは起きないだろうという安心感と言いますか……でも、今日のはそれを感じなかった。世界がひっくり返ったというか、骨の髄から恐怖を感じましたよ」

箸を持ち、お通しの皿を引き寄せる。ガツガツと中身を平らげてから、鼻を拭ったおしぼりで口を覆って先を続けた。

「……あれが母親で……どんな育ち方をしたんですかね……月岡玲奈は……」

文佳は無言でビールを呑んだ。真壁が答えを待っているのに、なにも言わずに前菜の蕪をつまんでいる。鮭と昆布と青菜を挟んで酢でしめた白い蕪である。

「次は日本酒にするわ」

と言いながら、文佳はようやく真壁に視線を向けた。

「彼女はなにか言ってなかった？　それとも会話にならなかった？」

真壁はテーラードジャケットのポケットに手を入れて、ボイスレコーダーを取り出した。それをテーブルの隅に置き、スタッフが来ないか首を伸ばして確認する。

「これがあります」

すかさず庵堂がイヤホンを出すと、文佳はそれをレコーダーに挿して内容を聴いた。

「あら。真壁さん、思ったよりも凜々しいじゃない。さすがは黄金社の編集さんね」

お世辞を言いながらも、ふっと険しい顔をする。その表情には響鬼文佳ではない者の気配があった。真壁が二杯目のビールも呑み干したころ、次の料理と冷酒を持ってスタッフが部屋に入ってきた。三人の前に料理を並べ、空いたグラスを下げていく。庵堂が真壁の杯に冷酒を注ぐと、真壁も庵堂に注ぎ返した。文佳は音源を聴いている。

「いや、でも、庵堂さんがいてくれてよかったですよ」

お世辞ではなく言うと、

「危なかったですね」

と、庵堂も応えた。

「名刺を渡すときに腕を摑まれていたら、その後の展開は……あまり考えたくないな」

やはりそうかと真壁は思い、あのとき庵堂が自分を引っ張ってくれなかったら、なにが起きていたのだろうと考えた。吉井加代子との間には鉄格子があったが、それでもやはりなにかは起きていたはずだ。吉井加代子が圧倒的優位に立ってしまうなにかが。

真壁が杯を干したとき、

「……満月よ……？」

レコーダーを止めて文佳が言った。

「え。なんです？」

立て続けに呑んだビールが効いて、真壁はようやくリラックスしてきた。新鮮なお造りを食べ尽くし、運ばれてきた鰤の雲丹焼きをつつきながら、再度庵堂のお酌を受けた。

「彼女の言葉よ。満月。ヒントをあげると言ってるわ。真壁さんは片桐医師のことしか訊いてないのに」

「ああ」

と、真壁は杯を干した。今度は文佳がお酌した。

「片桐家の襲撃事件が満月だったたってことじゃないですか？　それか、満月の夜に片桐寛と密会していたのよと、もったいぶって伝えたか」

「いいえ違うわ」

と、文佳は言った。

「襲撃事件は嵐の夜で、月なんか出ていなかったのよ」

文佳の杯に庵堂が冷酒を注ぐ。彼女は杯を持ち上げて、クイッと中身を呑み干した。

「いったいなんのヒントかしら……」

「そんなの口から出任せですよ。俺を怖がらせようと意味のないことを言ったんだ」

真壁は手酌に切り替えて、勝手に冷酒のおかわりを頼んだ。海鮮鍋に火が入り、小振りのステーキが運ばれてくる。文佳はさらに冷酒を頼み、二本を真壁専用にした。レコーダーを真壁に返し、何事か考えながら刺身をついばむ。

「竹田刑事のほうはどうでした？」

と、庵堂が訊くと、文佳は箸を置いて空の杯を庵堂の前に突き出した。

「私の勝ちよ。被害者はそれぞれ『戦利品』を持ち去られていたみたい」

「ほんとうですか」

眉根を寄せながら、庵堂は文佳の杯に冷酒を注いだ。

「なんの話です？」

と、酒器を握って真壁が訊ねる。

「今日は私も竹田刑事と会っていたのよ。例のカラオケバーの事件について、被害者の瞼が持ち去られていた話を……もっときちんと話すとね、私が怪しいと睨んでいる他の事件も、なにか持ち去られていたんでしょうとカマを掛けたら、彼はあっさり白状したわ」

「竹田のオッサンは美人に弱いからなあ」

と、真壁が呟く。

「警視庁は浅草で起きた地下アイドル殺害事件を追ってるみたい。被害者は薬指を持ち去られていたようよ。刺殺にはアーミーナイフを使ったのに、指を切ったのは別のなにかで、凶器はまだ特定できていないんですって。一度指を逆側に折って関節を外し、骨すら傷つけることなく指を切って持ち去ったのだと言ってたわ。そのやり方を聞いてどう思う？　激情型の殺人者では決してない。犯人には精神病質者の一面があるのよ」

真壁は口に運ぼうとしていたステーキ肉を皿に戻した。

「やはり連続殺人だってことですか」

庵堂が言う。

「私の言ったとおりでしょ？　アカデミーは資質を見抜くことに長けているのよ。新しいハンターを育てたんだわ」

「じゃあ、なんですか」

真壁も身を乗り出してきた。

「今回もアカデミーのセミナーとか、そういう名簿を調べていけば、犯人の目処がつくってことですか？　被害者の住む場所に近い場所のセミナーに参加していた人物とか」

「ところが今回は広範囲で事件が起きてるの。埼玉、神奈川、千葉、東京……まあ、中心には東京があるのかもしれないけど」

「ＳＮＳでターゲットを決めているせいではないですか」

と、庵堂が言う。

「先生が連続殺人を疑った理由もＳＮＳです。どの被害者も頻繁に情報をアップしていましたし、逐一チェックしていれば、被害者の行動はある程度まで把握できます」

「犯人がＳＮＳで彼女たちを追っていたことに異存はないわ。ただ、彼女たちはマイナーアイドルよ。犯人が好んでマイナーアイドルを選んだとも言えるけど、行動原理はなんだと思う？」

「身近だってところじゃないですか」

と、真壁が言った。

「地下アイドルと一緒で、メジャーになるかもしれない新人を、素人に毛が生えた程度の頃から知っているんだぞという自己満足というか」

「新人作家を青田買いするようなもの？　でも、今回は少し違う気がする」

文佳は首を傾げて生え際を掻いた。

「殺意が先にある気がするわ。ストーカーの執着が殺意に変わったのではなく、最初から殺意があった気がする」

「それはどういう意味ですか」

と、庵堂が訊く。文佳は空を見つめて言った。

「気になるのはストーカーの存在よ。被害者に共通することのひとつにストーカーがいる。彼女たちは全員ストーカーに悩まされていた」

「警察の目をくらますために、わざわざストーカーがいる被害者を選んだってことですか？」

「真壁さん。そうかもしれない」

文佳は真壁を見もせずに、さらに首を傾げてうなじに手を置く。

「ストーカーに悩まされていることは、ＳＮＳをチェックしていればわかるわよね。でも、そんな女性は案外多い。問題は、なぜ彼女たちだったのか……四人の被害者に共通するなにかがあるはずなのよ」

「フォロワーか、グループですかね」

「調べてみましたが、違うようです」

庵堂が応えると、文佳はようやく視線を戻して、

「なぁに？　ちゃっかり調べてくれてたの」

と、庵堂に訊いた。

「気のない素振りをしていたくせに」

「〆切り（しめきり）が先だと言っただけです」

「まあいいわ」

と言いながら、文佳の瞳に光が宿る。そのやりとりを、真壁は静かに見つめていた。

「話を元に戻すけど、今までのハンターと違うのは、事故や自殺に偽装してないところなの。明らかな殺人、しかも猟奇殺人といっていい手口だわ」

今度は真壁に視線を向ける。

「アカデミーのセミナーを調べても、犯人がいないと予測するのはそのせいよ。今回の犯人は様子が違う。まるで犯行を誇示してるみたい」

「だとすれば、警察が『戦利品』を『秘密の暴露』と捉えて報道規制していることは、犯人にとっては不満でしょうね」

文佳は人差し指を立て、

「庵堂の言う通りね」

と、呟いた。

「なにかおかしい……なにか変だわ」

「警察が、ですか？　犯人が？」

真壁も訊ねた。気持ちよく酔っていたはずが、いつしか文佳の推理に引き込まれていく。

「そうじゃなく、新手のハンターが出てきた理由よ。アカデミーは陰にいて人知れず犯罪を誘発させることが信条なのに、どうして今回は犯行を隠していないの？　どうして連続殺人の痕跡を残したの？」

　黙って杯を傾けていた庵堂が、顔を上げて、

「まさか」

と言った。その目が文佳と絡み合う。文佳はきゅっと唇を嚙んだ。

「真壁さん。ハンター・シリーズの予告編が発表されたの、いつだったっけ？」

　不意に話を振られたので、真壁はあたふたと自分のスマホを取り出した。

「通常、販促活動は初校が上がってからしますから……三ケ月前には書店用の新刊案内に載せていて、ネットで発表したのは……二ケ月少し前ですか」

「地下アイドルが殺害されたのがその頃ですね」

「ああ……なんてこと……」

　文佳は右手で額を押さえた。

「え？　なんですか」

と、真壁が訊ねる。文佳は深刻な表情になっていた。

「帝王アカデミーの社長の葬儀で、私は月岡玲奈に宣戦布告した。その後、二人のハンターが逮捕され、さらに新刊の広告が出た」

「こっちが思うより早く、敵が動き出したってことですか」

　庵堂の言葉を聞くと、真壁は酔いが醒めた気がした。

「え。俺、病院へ取材に行っちまったけど、大丈夫なんですか」

そして縁が新事務所をかまえたことを考えすぎだと笑う気持ちが一気に萎えた。吉井加代子という人間を目の当たりにしたのだから尚更だ。絶対悪、その根が世にはびこる様は、真壁の想像を超えていく。

「庵堂にサーチして欲しいわ。犯人が被害者をどこで見つけたのかを。SNSを使ったことは間違いないと思うのよ。なぜなら彼女たちはマイナーだから」

「わかりました」

と、庵堂は応えた。水を飲むように冷酒を呑んで、真壁はぼやく。

「俺は病院の受付に名前を書いてきちゃいましたよ。しかもあそこの受付名簿、吉井加代子の分だけは、ホルダーにまとめてあったんですよ。月岡玲奈と母親の関係はよくわかりませんが、もしも月岡玲奈が面会に行っていて、俺の名前を読んだら」

「それは問題ないと思うわ。私の本を担当する真壁さんが吉井加代子に話を聞きに行くのは自然なことだし、あなたは私に操られている前提だから」

「真壁さんは自ら名刺を置いてきたし、むしろ自然だと思いますよ。警戒していないということですからね」

おまえらに言われても安心できるか。

心の中で呟きながら、真壁は思い立って手帳を開いた。

「そういえば、俺の前の面会人は、名前が透けて見えたんですよ。普通の人があれと面会するはずもないので、もしかして月岡玲奈の本名じゃないかと思ったり……忘れないようにメモしてきたんですが……ああ、これだ。秦則子。数ケ月前に面会に来ていたようですが、聞いたことありますかね？」

「ないわ」

と、文佳は即座に答えた。

「うう、そうか……ま、好き好んで面会に行くってことは、なにかの関係者なんでしょうがね」

「心理学者や支援団体の関係者、記者か……ファンって可能性もあるわよね」

「それか、ただのモノズキか」

庵堂が守衛の言葉を反芻した。

「いずれにしても、月岡玲奈が雨宮先生の宣戦布告を受けて新手のハンターを仕掛けてきたってことなんでしょうか。この謎を解いてみろって言ってるのかな？」

「違う。彼女はそういうタイプじゃないわ」

「そうなんですか？　じゃ、今回のハンターを捕まえたとして、帝王アカデミーとの関係はどうやって証明するんです？」

「証明はしない。証明なんてできない」

文佳は縁の声色になり、手酌で冷酒を汲んで呑む。絹のハンカチで唇を拭って言った。

「月岡玲奈はバカじゃない。彼女が仕掛けた犯罪だとしても、証拠なんか残さない。月岡玲奈は駒なのよ。手強い相手には違いないけど、本当に怖いのは――」

文佳はテーブルに両肘をつくと、邪魔な皿を押しのけて、真壁のほうへ体を傾げた。組んだ指に顎を載せ、真壁の瞳を覗き込んでから、ヒソヒソ声で囁いた。

「――今日、真壁さんが会ってきた人物よ。今日のところはアナタの素養を見極めようとしただけみたい。真壁さんはうまくやったわ」

「ええ……なんですかそれ、怖いなあ」

意味ありげに瞬きしてから、文佳は微かに微笑んだ。

「こちらの仕込みは庵堂よ。吉井加代子は、真壁さんを施設へよこした人物の影を庵堂に見た。だから謎の言葉を残した。あれは真壁さんではなく、庵堂に向けた言葉だったの。庵堂、つまり、この私に」

真壁はおもむろに立ち上がり、個室を出て行ってスタッフにチェイサーを頼んだ。再び席に戻るまでのわずかな間に、混乱と疑念、不満の気持ちを整理する。新しいおしぼりで顔を拭い、ついでにテーブルまで拭いた。

「……俺を囮に使ったんですね」

「それは違うわ。むしろ真壁さんに危険が及ばないようにしたのよ。あなたはなにも知らないのだと、吉井加代子は思ったはずよ」

庵堂も頷いた。文佳は続ける。ヒソヒソ声で。

「彼らの悪事を暴くにはミスを誘引するしかないの。考えてみて。私たちが普通に生活している間もずっと、そのことばかり考えて生きてきた連中よ。欺くこと、悲しませること、操ること、犯罪に手を染めさせること、価値観を奪って善意を打ち砕くこと。彼らにとって世界は実験場に過ぎないの。どうすれば人が容易く堕ちていくかを試している。そのために生まれてきたといってもいい。手練れだから決して尻尾は出さない。失敗の可能性があるとしたら、思いがけず獲物が反撃してきたときだけ。最初は笑って迎え撃つでしょう。かなう者などいないと思っているわけだから……世の中を舐めきっているんだから……だから、それを覆したときに初めて一縷の望みが生まれるのよ」

文佳は体を起こして姿勢を正し、作家雨宮縁を囮にするほかないのだと言った。

「雨宮縁の正体には、絶対興味を持つはずよ。完全犯罪がなぜバレたのか、飢えるほど知りたくなっているはず。そして私に惹かれるでしょう。私を支配したいはず」

縁の瞳が光っている。サイコパス対サイコパスの戦いなのかと、真壁は訊きたかったが、黙っていた。先生、あんた、何者なんだ？

真壁の問いなど知らぬ素振りで縁は言った。

「吉井加代子はサイコパス、月岡玲奈はソシオパス。生まれたはずの子供たちのうち、生存が確認できたのは玲奈だけ。真壁さんはその理由がわかるかしら？　吉井加代子は子供が欲しくて産んだんじゃない。実験みたいなものなのよ。そして……玲奈だけが試験をパスした」

「……え、つまり？」

「片桐家襲撃事件の真犯人は月岡玲奈。私はそう睨んでいるの。なぜなら玲奈は吉井加代子の作品だから」

真壁がゾッとして固まったとき、チェイサーと一緒に寿司と水菓子が運ばれてきた。コースメニューは終盤らしく、庵堂がスタッフにお茶とコーヒーを追加注文する。料理はどれもおいしかったが、腹より胸が一杯になってきた。頭の中で真壁顕里本人と、編集者としての自分がせめぎ合う。こんな大ネタを処理できるのかと本人は怯え、それをしてこそ編集者じゃないかともう一人が奮い立つ。真壁には頭の整理が必要だった。

空の食器が下げられて、余裕ができたテーブルに寿司と水菓子が並ぶ。文佳はかいがいしく醤油を渡してくれながら、

「どうぞ召し上がれ」

と、微笑んだ。その笑顔に、昼間見た吉井加代子の裸体が被る。あれは一体何者か。あんなものと戦う雨宮縁は何者か。知らず縁を見つめていたらしく、

「顔になにか付いているかしら」

と、文佳の顔で縁が聞いた。

付いているのは文佳の顔だ、こんちくしょう。

真壁は寿司を引き寄せて、チェイサーを飲みながらガツガツ食った。そして、この場所に蒲田がいてくれないのが悪いのだと、自分勝手に蒲田を恨んだ。

庵堂が会計を済ませるあいだ、縁と真壁は店舗の暖簾(のれん)が見える場所に立って待っていた。真壁は、縁が連続殺人を疑った四人の被害者について詳細を知っておくべきだと考えていたが、こんな場所でする話ではないので黙っていた。個室を出たとたん、文佳も当たり障りのないことしか言わなくなった。

「夜桜がきれいだから、歩きましょうか？」

「いいですよ」

そしてまた沈黙が訪れたとき、文佳のスマホが鳴ったようだった。彼女は番号を確かめてから、

「誰かしら」

と呟いて耳に当てた。頰とスマホに挟まれた後れ毛を耳にからげる仕草が色っぽい。

「もしもし？」

訊ねてから真壁を見返し、（たけだけいじ）と口パクで言った。壁際に寄って話をして

いる。

そこへ会計を終えた庵堂が出てきた。文佳を見ると、

「電話ですか」

と、怪訝そうに眉をひそめる。彼女に直接電話がくるのは珍しいようだ。

「竹田刑事ですよ」

真壁は声をひそめて告げた。会話の内容は不明だが、一、二分話しただけで電話を切ると、文佳はスマホに番号を登録してから、ツカツカと二人のところへ戻ってきた。

「凶器が特定できたって」

すれ違い様に短く言う。

「ごめんなさい。だから夜桜はまたにしましょう。今から竹田刑事に会ってくる。真壁さんには明日電話するから」

竹田との顛末は、そのとき話すということだろう。

真壁は了承し、その場で別れた。


地上に出ると千鳥ケ淵はライトアップされて、大勢の人が花を見ながら歩いていた。隔離病棟で見てきたものと、薄紅の雲のごとき夜桜と。今日一日で地獄と天国を行き来したな、と真壁は思った。冷たい夜風も、花の寿命を伸ばすのならば気に病むまい。そう考え

ながら歩くうち、ピロポン、とスマホが鳴った。

蒲田からメールが来たのだ。

——お疲れ様です。今日はご一緒できなくてすみませんでした。取材はどうでした？　こちらもけっこう集客があって、いい写真が撮れました。モデルがいいせいもあるんですけど。

ただ、飯野以外のお客さんの顔が写っているので、消し込み作業をこれからします。

来月は黄金社の本を朗読会に上げたいと店長さんが言っていたので、配本に関して真壁さんに相談したいと飯野からの伝言です。どうぞよろしくお願いします。蒲田——

メールには画像が添付されていた。朗読会で本を読む飯野の写真だ。モデルがいいという言葉はお世辞ではなく、飯野はたしかに見栄えがする。黄金社で営業職に就いていたときの華やかさはないものの、それでもやはり人目を惹く顔立ちで、朗読会が盛況なのも頷ける。ＳＮＳでの発信ではなく、宣伝はポスター程度にしておくのがちょうどいいなと真壁は思う。今日の愚痴を蒲田に聞いて欲しい気持ちはあったが、二人の時間を邪魔したくないので遠慮した。消し込み作業をこれからしますと書いてきたのは、そういう意味かもしれないからだ。

真壁はスマホをポケットに入れ、桜のライトアップに沿って道を急いだ。夜風に揺れる枝から散り初めの花びらが舞い上がる。お濠(ほり)にライトが映り込み、遠くにビルの明かりも見える。ジャケットの襟を立てて、呟いた。

「作家雨宮縁を囮にするほかない……か」

それが作品のプロットならば、間違いなく企画会議を通るだろう。けれどもこれは現実だ。真壁はその場で足を止め、再びスマホを出して曜日と日付を確認した。一度は蒲田に頼んだものの、彼の都合を待っている場合じゃないぞと思う。そして自ら、現役を引退して小説講座の講師をしている元一橋社の編集者に会いに行こうと決めた。

第五章　ハニー・ハンター

その人物、志田泰平が講師を務めるカルチャースクールの小説講座は、夜七時から始まるクラスが九時に終了するという。縁らと呑み始めた時間が早かったので、まだ充分間に合うと、真壁は急いで地下鉄に乗って浅草へ向かった。初対面の相手と会うのに酒を呑んでしまったのはマズいが、思い立ったが吉日という言葉もあると、勝手な理由でよしとした。駅構内でミネラルウォーターを買ってトイレに入り、何度か口を濯いでからペパーミントガムを噛む。手のひらに呼気を吹きかけてみたが、自分の臭いはわからなかった。

浅草駅を出て、夜風に吹かれながら現場へ向かう。ホッピー通りにさしかかると、人々の喧騒が湯気のように立ち上っていた。安いホッピーを売る大衆酒場が軒を連ねる一角には多国籍の屋台が並び、昼日中から酒を売る。この時間になればどの店も酔客でごった返して縁日のような有様だ。提灯の明かりと食べ物の匂い、笑い声と呼び込みの声。千鳥足で向かって来る相手を避けながら歩くうち、高級冷酒を呑んだ呼気など香りのようなものじゃないかと思えてきた。それでも追加のガムを口に入れ、真壁は件のビルに入った。

神保町の裏路地に縁が借りたビルよりは、少しだけ新しいビルだった。蒲田が通うスポーツジムを横目に階段を上って、真壁はカルチャースクールをやっている階に辿り着く。

教室に人がいたので時間を見ると、九時五分前だった。ドアの脇に立ち、壁に背中を預けて講義の終了を待つことにする。窓から覗くと十数名の生徒が見えた。若者から高齢者まで生徒の年齢は様々のようだ。作家になりたがる人がいればこそ、元作家も元編集者も小遣い稼ぎができる。而してそこに本物の才能を見つけたら放って置けないのも事実ではあるが、願わくは作家に夢を見るのではなく、作家になる覚悟を持って欲しいと思う。

「……はじめてだよなあ」

文佳の顔を思い出しながら、口の中で呟いた。

犯罪を暴きたいから作家になったなんて理由は、どんな編集者だって想像できない。そこまでして縁を突き動かしたものはなんなのか。ただの正義感ではないはずだ。だからこそ、雨宮縁の正体を知りたい。月岡玲奈のことよりも、雨宮縁の正体だ。

意匠もなく殺風景で、ダサいカルチャースクールの広告やポスターやイベントスケジュールがベタベタ貼られた壁を眺めて待っていると、教室のドアが開いて人が出てきた。

「先生、お先に失礼します」

「はい。来月までにね、指摘した箇所を推敲してきてくださいよ」

わかりましたと言いながら、廊下に出ようとした老人が真壁に気がつき、

「入会希望の方ですか？」

親切にもそう訊いた。

「いえ、そうではなく、志田先生に……」

まだ話の途中というのに、老人は室内へ戻って、

「先生、新しい人がきてますよ」

と、大声を上げた。何人かの生徒が講師を囲んで雑談していたが、志田泰平その人と目が合ってしまったので、真壁は頭を下げながら、自分も勝手に室内へ入った。

「大変ですが、がんばりましょうね」

親切な老人は真壁にニコニコしてから帰っていった。

「ああ、どうも。外でお待たせしたのかな？　どうぞ、こっちへ」

すっかり勘違いしてしまった志田は真壁を手招きしながら教壇へと戻り、申込用紙らしきものを探している。教室では自分の原稿を持った生徒たちが興味津々の目で真壁を見ている。これはちょっと困ったぞと真壁は思い、仕方なく名刺を手にして志田に近付いた。

「先生……すみません。実は、私はこういう者で」

黄金社の名刺を出すと、志田は眉根を寄せて老眼鏡を掛け直し、社名を読んで真壁を見直した。

「……編集さん？」

なんの用かと、あからさまな顔をする。

「アポも取らずにすみません。以前担当されていた本のことを伺いたくて参りました」

「はあ」

志田がまだ怪訝そうなので、真壁は言った。

「盛況な教室ですね。未来の作家さんが大勢おられる」

志田を囲んでいた生徒たちは、現役の編集者が現れたことで起きるミラクルを期待して
ニッコリしたが、そういう話ではないので、

「お手すきになるまで待たせて頂きます」

と告げて志田の出方を待った。

「いや。今日はもう終わったんです。きみたち、ほかになにかあるかね？」

年齢が様々な生徒たちは、

「ありがとうございました」

「また次回」

などと言いながら帰って行く。教室に誰もいなくなると、志田は訊いた。

「以前担当していた本と仰いますと？」

酒の臭いが届かないように、少し離れて真壁は答えた。

「心療内科医だった片桐寛先生が出された本ですが、担当編集者が志田さんだと伺ったも

のですから」

「片桐寛先生……？」

思い出そうと眉間に手を置き、志田はすぐに、

「ああ」

と頷いた。

「心理学関連の学術書ですね。はい。たしかに……でも十五年以上も前ですよ？　それに」

と言ってから、真壁が訊きたいことに思い当たったという顔をした。事件がらみのゴシップを漁る賤しい輩と思ったのだ。

「先生のなにをお知りになりたいので？」

その表情にはもはや愛嬌がなく、胡乱な感じがにじみ出ていた。酒で口が滑らかになるようにホッピー通りへ誘うという手もあるが、喧騒のなか、庵堂もなしにセンシティブな話をするのは怖い。真壁は単刀直入でいくことにした。

「実は、自分は片桐家のノンフィクション本を企画しているんですよ」

「なるほど……ノンフィクションの編集さんですものね――」

志田は名刺を見返した。

「――でも、私のような者のところへまでお出でになるとは熱心ですなあ。あの事件のこ

とならば、他にいくらでも情報があったでしょうに」

「そうなのですが、自分が知りたいのは被害者ご家族のお人柄で」

「はて……それはどういう……」

真壁の言葉に興味を示して、志田は教室の椅子に腰を掛け、真壁にも座るよう促した。

「真壁さんと仰いましたか。先に言っておきますが、ここは遅くとも十時に退室する契約です。その頃には下にあるスポーツジムも閉まりますので」

「恐縮です」

と言いながら、真壁は斜め前の席に腰掛けた。

きちんと調べてよい本を出すというポリシーは、現役を引退して久しい老人の中にもまだありありと息づいているようだ。話が長くなって迷惑をかけないように、真壁は腕時計を外して机に載せると、ポケットから取材手帳を取り出した。

「被害者の片桐寛氏は大変評判のよい人物だったと聞いています。志田さんが出版の打ち合わせをされたときの印象はどうだったのでしょう」

志田は老眼鏡を外して、二本指で目頭を揉みながら、

「評判通りの印象でしたねえ。学者は本を出すものという風潮がありますけど、自分が本を出すのは責任重大で恐縮しますと、自著の出版を照れる感じに好感を持ちました。実際、いい先生でしたよ？　偉ぶったところが微塵もなくて、丁寧で、また的確でした。原

稿もきれいでね、中には編集者に全部任せて資料だけ投げてくるような先生もいますけど、片桐先生はそうじゃありませんでした。不明なところがあると仲間の先生に聞いたりして、そうそう、あの先生の本を作ってから、何人か仲間の先生を紹介してもらいましてね。しばらくは、ぼくが担当する本は途切れませんでした」

「そうですか。それは羨ましい。ちなみに打ち合わせはいつもどこでされていたんです？」

「最初のときはクリニックにお邪魔しましたね。真壁さんも同業ならご存じでしょう？　どういう素性の相手かは、ある程度知っておく必要がありますし」

真壁は微笑んで、頷いた。

「そうですね。では、ご自宅へも？」

「はい。行きました。敷地の広い家で……今はどうなっているのかなあ」

「事件のあと更地にして売却されたらしいです。片桐夫妻が死亡したため、子供たちが相続人になりましたが、間もなく次女も死亡したので、長女と長男で折半にしたようです。その後長男も死亡して……結局は長女の元へ行ったのかな」

志田は痛ましそうに目をショボショボさせた。

「あんな家族が不幸な目に遭うなんて、私も相当ショックでしたよ」

「では、ご家族のこともご存じなんですね？」

真壁は身を乗り出した。

「存じてますとも。あのときは、あなた、一橋社にも刑事が聞き込みに来ましたよ。私はニュースで知ったんですが、事件報道であの家がテレビに映りまして、それが片桐先生のお宅だとわかったときの衝撃といったら……いえ、先生を知っている人たちはみんな同じように思ったでしょう。しかも子供たちまで犠牲になったんですからね……広くてお隣さんとも離れていて、そういう意味では不幸でしたよ。あの家には何度かお邪魔して、奥さんにお茶を頂いたり、お子さんたちにも会っていたので余計にね」

「どんなご家族だったんですか」

「どんなって……奥さんは美人でしたよ？　派手な感じは全くないが、スッキリとした和風美人でした。控えめで如才なく、でも、あまり話はしませんでした。大人しい感じで」

「子供たちは？」

志田は宙を見上げて目をしばたたいた。

「下の子は可愛かったですねえ。名前、なんていったかな」

「愛衣ちゃんですか」

「ああ、そうそう、愛衣ちゃんだ。目のクリクリした人なつっこい子で……」

彼は鼻の下を擦りながら、

「あんな子が」

と、苦しそうに呟いて、

「信じられませんな」

と真壁に言った。

「同感です」

「物怖じしない女の子でねえ……お父さんと打ち合わせしていると、何度も覗きに来るもので、お兄ちゃんが外へ連れ出すんですよ。よく面倒をみていましたよ」

「お兄ちゃんというのは涼真くんですね？　彼はどんな子供でしたか？」

「当時はまだ小学生で、でも、しっかりした印象の子でしたね。一度だけ、打ち合わせを終えて帰るとき、庭にいた彼と話したことがありましたっけ。真壁さんはご存じかどうか、凄く広い庭なんですが、自然林というか林のようになっていて、家を囲んでいる感じでね。自宅にいながら虫取りや木登りができそうで、そのまた周囲が田んぼや畑だったですねえ」

「彼とはどんな話をしたんですか？」

「そうねえ。とても頭のいい子だったんですが、ちょっとゾッとするような話をしました」

「ゾッとするとは？」

浅草あたりの下町は窓の外を無数の電線が通っている。風の音とも街の喧騒ともつかぬ音がして、けれど室内はあまりに静かだ。生徒たちが帰ってしまった教室は作家志望者たちの夢と憧れが体温のように淀んでいる。志田はメガネを掛け直し、真壁に顔を向けて言う。

「林の中にいたので虫取りをしているのかと思って、なにが採れたか訊いたんですよ。そうしたら、虫じゃなくて虫コブを見せられまして」

「虫コブですか？　虫コブって……」

「虫コブは虫コブですよ。家の周りにどんぐりの木があって、葉っぱに虫コブができるんですが、単体で見ると宝石のようできれいなんです。それでね、彼はこう訊いたんです。虫コブは植物に虫が寄生してできるんですが、虫コブ自体を操っているのは、植物か、虫なのか。おじさんはどう思う？　って。真壁さんはどう思われますか」

「いや……どうなんだろう」

真壁は考え、

「そもそも、そこに興味がいったことはなかったですね」

と、応えた。

「私も気になって調べてみました。虫コブはダニや細菌が発生させる場合もありますが、多くは昆虫によるもので、卵を産み付けて植物の成長を操作して、色や質感以外にも組織の構造や細胞内の成分までコントロールするらしいんですよ。まあ、共生というか、寄生なんですが、あの子の質問に沿って答えるならば、操る主体は虫ということになるのでしょう」

「それのどこがゾッとしたんですか？」

と、真壁は訊いた。

「そうですね」

志田はまた考えて、

「なんだろう」

と、首を傾げた。

「雰囲気かな……目だったかな……子供なのに、なにを考えているのだろうと思ったからかもしれません。いや、やんちゃな印象だったのにそんな話をされたからかな」

志田がなんに引っかかったのか、その場に居合わせなかった真壁には想像もつかない。それよりも、本当に訊きたいことはその先にある。

「長女はどうです？　今は片桐氏の後を継いで帝王アカデミーの経営者になっていますが、打ち合わせ時に会っていますか」

「ああ。真壁さんが知りたいのはそこですか」

と、志田は笑った。

「悲劇の主人公のサクセスストーリーというところでしょうか。たしかに売れ筋ネタですなあ」

「ええ、まあ」

と言葉を濁し、そんな程度のものならば、今どきヒットは見込めないよと心で思った。

志田は人差し指を鼻の頭に置いて、自分の鼻を押しながら、

「美人だったな」

と、呟いた。

「あの人はメディアにバンバン出てますけれど、当時から美人でしたねえ。ただ、なんというか」

ああそうだ、と呟いてから、志田は真壁に視線を移す。

「他の家族とはちょっと感じが違いましたかね。思春期だったからかもしれませんが、なんていうか、こう……なんだろうなあ……」

そして、

「できすぎだったですね」

と、頷いた。

「できすぎとはどういう？」

「そうとしか言いようがないですが、すべてにおいて完璧でしたね。容姿もですが、挨拶の仕方も笑い方も、冗談の言い方さえも完璧でした。人っていうのはもっとこう、泥臭い

部分があるものじゃないですか。でも、そういうのが一切なくて、心理学者が子育てするとこんなふうに育つのかなんて、感心したことを思い出しましたよ。下の子二人も、育っていくとこうなるのかなと」

「完璧に、ですか？」

「そうですねえ……」

と、志田は考え、

「体温を感じないというか、あれ、なんだろうなあ」

と首を捻（ひね）った。

「長女だけ養子だったことはご存じで？」

水を向けると、志田は心底驚いた顔で、

「いいえ」

と言った。

「養子だったんですか？　長女だけ？」

その様子から、本当に知らなかったんだなと思う。

「あー……なるほど……だからか……」

「だからというのは？」

「いえね。先生たちの態度が、長女にだけは丁寧だなと思ったことがあったんですよ。いえ、差別しているとか遠慮しているという感じではなかったですけど、今にして思えば薄い壁があったかもしれません……そうですか……それは余計にショックだったことでしょうね。自分にくっついてきたストーカーのせいで、家族を殺されてしまったんですから」

「そうですね」

一呼吸ほどの沈黙が訪れ、志田が訊ねた。

「ま、私が知るのはこんなところですが、他にはなにか？」

「あとひとつだけ。片桐家と付き合う中で、なにか不審に思ったりしたことはないですか？　打ち合わせ中に来客があったり、片桐氏のオフィスでトラブルがあったり、そういうことは」

「ないですよ。私も色んな先生と本を出しましたが、学者先生には二通りあって、学者になりたくて偉ぶるタイプと、研究をしたいから学者になったタイプで、片桐氏は後者でした。凄い研究をして予算をガンガン引っ張ってきても、そういうことはおくびにも出さずに飄々としていましたね。奥さんも同様で、家の事は任せて仕事してくださいというような感じに見えました。末っ子は可愛いし、お兄ちゃんは頭がいいけどやんちゃでしたし、きちんと育てられていないと、ああいう無邪気さは出ないですから」

「そうですね。いや、ありがとうございました」

真壁は先に席を立ち、志田に深々と頭を下げた。

「本はいつごろ出る予定ですか？」

と、志田が訊く。同じ世界にいた者同士、真壁は素直にこう言った。

「自分としては出したいんですけど、なかなか企画会議を通らなくて困っています。今まで出してきた本がマニアックすぎて売れなかったからだと思います」

志田は初めて「ははは」と笑い、立ち上がって真壁を見つめた。

「部数を取れない編集者ほど惨めなものはないですからね。でも、こうして現役を引退してみると、価値観も変わってきましたよ。たとえ数千部に終わっても、出さなきゃならない本は出さなきゃならない。それを出しておくことで、なにかが少しだけ変わるかもしれないですからな」

「まったくですね」

志田はニッコリ微笑んで、

「いや、楽しかった」

と真壁に言った。

「なにかあったらまた来てください。それか、編集者をやめて本を書こうと思ったときはぼくの生徒に……いや、そのときは真壁さんが講師をしているかもしれないですね」

大先輩に頭を下げて、真壁は部屋を後にした。

カルチャースクールの老講師から心の栄養をもらったような気分であった。スマホには次々にメールが入ってくる。校閲部から戻しの連絡、担当しているゲラが上がったという印刷所からの連絡、入稿の催促に、編集長からスケジュールの確認……すべては帰って夜なべでやろう。冷たい夜気を吸い込んで、真壁は黄金社へと向かう。

夜桜を諦めたときに約束したとおり、翌日の午後には縁から真壁のところへメールがあった。内容は単純で、竹田氏と話をしたから都合のよい時間に電話をくれというものだった。

編集者は日頃から打ち合わせや会議や入稿準備に追われていると知っているから、勝手に時間を決めたりしない。真壁はスケジュール帳を確認し、夕方五時過ぎになりますと返信をした。

これで仕事に集中できると大車輪で通常業務をこなし終えた夕方五時過ぎ、セットしておいたアラームで縁との約束を思い出して電話をかけると、思った通り庵堂が出た。

「昨夜はごちそうさまでした」

先手を打つと、庵堂も如才なく言う。

「いえ、こちらこそ、二軒目へご一緒できずにすみませんでした。雨宮に代わります」

数秒後には縁が出て、開口一番、

「夜桜観(み)て帰ったの？　それとも、もう一軒ハシゴした？」

と訊いた。響鬼文佳の口調ではなかった。

「お濠(ほり)の桜は観ましたよ。ハシゴはしません」

「そう」

「先生こそ、竹田さんと会ってどうでした？」

「電話で話すことでもないと思うんだよね」

　やっぱりそう来るかと、真壁は思った。こうなると事務所が近いのも善(よ)し悪(あ)しだ。

「竹田さんを呼んであるから、こっちへ来てよ」

　縁は案の定の台詞(せりふ)を吐いた。

「あのね、被害者四人がつながったんだけど……」

「だけど、なんです？」

「それは会ってのお楽しみ。竹田さんからそっちへ電話が行くと思うから」

「電話が行くって、俺に、ですか？」

「そう。彼はここの場所を知らないし……じゃあね」

　縁は電話を切ってしまった。

「え、ちょっと先生、え？」

「真壁さん。受付から電話ですけど」

向かいの席から同僚が呼ぶ。慌てて内線電話に出ると、

「ロビーに竹田様という方がいらしてますが、予定されたお客様でしょうか」

と、受付嬢が訊いてきた。なんという手際のよさだ、こんちくしょう。

真壁は急いでデスクを片付けた。

「すぐに行くから待たせておいて。入館証は渡さなくていいから」

「承知しました。では、ロビーでお待ち頂きますね」

チクショウ、あのやろう、と、ぼやきながら部屋を出た。ロビーへ下りるためにエレベーターのボタンを押したとき、真壁はフッと笑ってしまった。あの作家にはいいように振り回されてばかりだが、それが面白くなってきた自分もいる。

「俺はMじゃないんだけどなあ」

迂闊に呟き、同じエレベーターに乗ってきた社の者に「え?」と訊かれた。真壁はちょいと頭を下げると、そのまま顔を背けて応えなかった。

受付ロビーのベンチには、おかっぱ頭の小柄な男が座っていた。トレードマークのトレンチコートを腕に抱き、もの珍しげに天井あたりを見上げている。持ち込み原稿の対応を待つ新人作家のようだと思う。

「お待たせしました」

近くへ行くと、竹田は地獄に仏という顔で、

「けっこうでかい会社なんだな」

と立ち上がった。

「警視庁の方がでかいでしょうに」

「そうだが、あっちはもっと騒がしいからよ。こんな場所で待たされると緊張するな」

「聞き込みで慣れてるでしょう？　知らない会社に入るのなんか」

「そうだが、仕事で来るときとはやっぱ違うさ」

「そういうものですかね」

と言いながら、竹田を誘って外へ出た。

「いいんですよね？　雨宮先生のところへ行くってことで」

念の為（ため）に訊ねると、竹田はコートを羽織（はお）りながら、

「なんか見つけたって連絡がきてよ、おまえさんを訪ねろと」

「俺のほうへもきましたよ。竹田さんから電話が行くからよろしくと」

「ちょうど近くにいたんだよ。聞き込みの途中でな」

「そうなんですか？　相棒は？」

真壁は振り返ってみたけれど、それらしき人物はいなかった。

「先に捜査本部へ返したよ。所轄の刑事は島（シマ）優先だからな」

「使えるネタはほかの刑事に流さないってことですか？」

「人聞きの悪いこと言うんじゃねえよ。ウラを取ったらちゃんと流すさ」

街には今日も人が溢れている。縁の事務所に向かって歩きながら、真壁はふと、縁が竹田をよこした理由を想像した。まさかとは思うが、と振り返り、

「どうした？」

と、竹田に訊かれた。

「いえ。刑事は尾行をするじゃないですか。逆に、尾行されていることに気がつきやすいとかあるんですかね？」

「そりゃあるさ。素人と一緒にしてくれるなよ」

竹田はポケットに手を突っ込むと、手のひらに収まるほどの手鏡を出した。

「なんだ。興信所に後を尾けられてるってえのか。お相手が俺じゃ、上がったりだな」

「そんなわけないじゃないですか。俺は清廉潔白ですよ」

「仕事の相手が巻き毛美人じゃ、清廉も潔白も怪しいもんだ」

言いながら足を止め、また歩き出す。

「安心しろ。尾けて来るヤツはいねえ」

と、竹田は言った。脇道に逸れて、古い建物が残る地域へ向かう。

真壁は竹田に訊くことがあった。

「昨夜は雨宮先生と会ったんですか？」

「おう。桜田門近くの喫煙所でな。独りで来ると思っていたら、背の高い男が一緒だったよ。少し離れて立ってたが」

　真壁は冗談交じりにこう言った。

「アングラ劇団の役者みたいな人でしょう？　庵堂さんといって雨宮先生の秘書ですよ」

「たしかにそんな感じだったな」

　頭を寄せてきて、ヒソヒソ声で、

「あの二人はデキてんのかよ？」

　と、真壁に訊いた。

　真壁は吹き出したくなった。響鬼文佳の姿しか知らない竹田に、縁が男かもしれないと話したら、どう思うだろう。さっきの電話ではキサラギになっていたから、そのなりで事務所にいれば面白いのに。いや、いっそのこと大屋東四郎と会わせたい。あれこれ考えてニヤニヤしていると、

「なんだよ気持ち悪りいな」

　と、竹田に言われた。

「ああ、すみません。先生は覆面作家だし、プライベートなこともあまり話してくれないんですよ。会うたび印象も変わりますしね。で、昨晩はなんの話を？　いえ、竹田さんか

ら電話があったとき、俺も先生と一緒だったんですよ。新作の打ち合わせで」

「そうだってな。話は聞いたよ」

「聞いたって、新作の話を、ですか？」

よもや吉井加代子のことを聞いたのではなかろうと考えていると、

「そうだが、ほかにもなにかあるのか……こっちはな——」

ミラーで再び背後を確認してから、竹田はそれをポケットにしまった。

路地裏にひしめく喫茶店や、居酒屋のサインに明かりが点る。小料理屋の入口が開いて暖簾が掛かり、微かにおでんの匂いがする。日が暮れると、小路は昭和そのものの雰囲気になったが、少し先にある雨宮縁の事務所のビルは真っ暗で、素通しになった一階部分の通路にだけ侘しい明かりが点いていた。縁が借りている部屋は最奥なので、路地から様子を見ることができない。

「——凶器の特定ができたんだよ」

ボソボソした声で竹田は言った。その話は聞いていたものの、真壁はわざと訊ねた。

「殺害時の凶器ですか」

「そうじゃねえ。あのな」

竹田は一瞬足を止め、

「やめた、やめた。話は後だ」

と、真壁に言った。

「そうですね。先生の事務所もそこですから」

目の前にあるのは古びたコンクリート壁に蔦が蔓延る、オバケ屋敷のようなビルだ。昼ならばまだ昭和レトロと思えたが、暗くなってから見ると廃墟のようだ。入居しているほかの事務所も業務を終えたらしく、人の気配が全くしない。ポストが並ぶ一階通路に点るのは非常灯の明かりのみで、階段室のガラスライトは光の拡散率があまりに低く、コンクリートの階段に丸いかたちに落ちているだけで、それ以外の場所が暗すぎた。

「……出版社ってのは、作家先生から搾取してんのか」

と、竹田が訊いた。

「そんなわけないじゃないですか。会社の規定に則って、きちんとお支払いしてますよ」

「それじゃ、なんでこんな化け物屋敷みたいな場所に事務所をかまえているんだよ？　高級な服着て香水の匂いをプンプンさせた、あんな美人の先生様がよ」

「作家は変人が多いからじゃないですか」

階段を上がるとき、真壁は路地の様子を窺ってみたが、今日のところは怪しい気配がないようだ。怪しいというのなら、縁の事務所のほうが断然怪しい雰囲気だ。二人は無言で階段を上がり、二階フロアの通路に立った。

こちらの照明もオバケ屋敷さながらで、随所に闇が籠もっている。突き当たりのドアにだけオレンジ色の明かりがあって、それを見ると真壁はホッとした。ペンキの剝げかけたドアが逆光になって、まさしく昭和レトロな雰囲気が漂っている。

真壁が先に廊下を進み、ドアをノックしてから、声をかけた。

「黄金社の真壁です。竹田さんと一緒です」

ガチャリと解錠の音がして、ダサいメガネの女性事務員がドアを開け、

「お疲れ様です。どうぞお入りください」

と言った。それだけで真壁は笑いそうになる。

笑いを堪えて部屋に入ると、首だけで会釈しながら竹田が続いた。

二人が入ると、事務員はドアを閉めて施錠した。内部はあらかた片付いて、昭和映画のセットのようだ。竹田のトレンチコートがこれほど似合う空間もない。縁のデスクにはパソコンや資料の書籍が積まれ、大きな茶箱は窓辺に移動し、上にレトロな布を敷いてサイドデスクにしてあった。

床にあったガラクタや雑誌もどこかへ消えて、その場所に、同じ時代から持って来たような来客セットが置かれていた。猫足のローテーブル、別珍貼りの長椅子と、切り株みたいな丸い椅子だが、どちらも程よく色褪せて、レトロ博物館に来たようだ。

窓辺に庵堂が立っていて、真壁と竹田に頭を下げた。

「竹田刑事、秘書の庵堂さんですよ」

改めて紹介すると、庵堂は無言で頭を下げた。

「おう、昨夜会ったよ。先生は？」

竹田が室内を見回しているので、真壁は横を向いてこっそり笑った。

「お呼び立てして悪かったわね。どうぞ、そちらへ座ってちょうだい」

響鬼文佳の声がしたので、竹田は振り向き、さらに文佳を探している。デスクの陰か、書棚の向こうで屈んでいるとでも思ったのだろう。ボサボサ髪の事務員がツカツカと来て丸椅子に掛け、くるぶしまでの靴下を履いた足を組んで長椅子を指したときも、竹田はまだ余所を見ていた。

「け、い、じ、さん？　お掛けになって」

事務員がもう一度言ったとき、竹田はようやく顔をしかめて、

「ええ」

と、言った。堪えきれずに真壁は笑う。

「ああ可笑しい、竹田さんもまんまとだまされましたね」

「……えっ？」

竹田は事務員の顔を覗き込み、それが文佳らしいと気がつくと、説明を求めて真壁を見た。

「こりゃいったい、なんの真似だ？　え、どういうことなんだ」

至極冷静に縁が応える。

「どうもこうもないわ、ＴＰＯに会わせているだけのこと。どうぞ座って、話が遠いわ」

真壁はクックと笑いながら、竹田より先に長椅子に掛けた。

「竹田さんが驚くのも無理ないですよ。でも、今夜はまだいいほうです。黄金社の社員はみんな、雨宮先生は七十過ぎの老人だと思っていますからね」

言いながら隣の席を叩く(たた)と、竹田は不承不承(ふしょうぶしょう)長椅子に座った。

「七十過ぎの老人だって？」

「うちで出してる本の主人公です。雨宮先生は作品ごと主人公になりきって書くスタイルで、巻き毛の美人は響鬼文佳といって、他社で書いてるシリーズのマダム探偵なんですよ」

竹田は再度事務員の顔を覗き込み、

「会うたび印象が変わるってなあ、このことか——」

と、呟いた。

「——いったい、どっちが本当なんだ」

「どっちもウソよ」

生活に疲れた感じの事務員は、メガネの奥で胡乱な目をした。

「や、俺は理解できねえぞ。なんなんだ、これは、え？」

「作家は変人が多いのよ。真壁さんから聞かなかったの」

「いやいや、待てって。新宿のバーで飲んだよな？　真っ昼間に国会前庭公園でも会ったよな？　あれとこれとが同じだってか」

「中身は一緒なんだからいいじゃない、気にすることないわ」

「……俺は、こんなのに……」

　こんなのに、どうしたのか。竹田は皆まで言わなかったが、縁はオバサン事務員の顔で竹田を睨んだ。

「本質を見抜くのが仕事の刑事が、中身よりも見かけにこだわるの？　若くて綺麗なときに結婚した奥さんがオバサンになったら、愛も冷めるタイプってこと？　そっちも脂ぎったオッサンになるわけだから、お互い様でしょ」

「先生」

　と真壁が呟くと、縁は竹田に微笑んだ。

「このキャラの台詞なので悪しからず。とても素直な事務員なのよ」

　風のように庵堂が運んで来たお茶を竹田は遠慮なしに飲み、自分自身に言い聞かせるように、

「ま、いいや……うん」

　と、ブツブツ言った。顔に落ちてくるおかっぱ髪を小指で払い、天井を向いてから座り

直した。

「本題に入ろうじゃねえか。うん、それがいい」

以降は縁の顔を見もせずに、壁に視線を注いでいる。竹田の落胆がわかる気がして、真壁は横から話を進めた。

「そういえば、まだ凶器の話を聞いてませんが」

「あれか。被害者の指を切ったのは、鳥バサミってえ機具だとわかったんだよ。刃先が微妙にカールしているヤツだ。耳や鼻を切られた被害者のものと比べたところ、切り口などから同じハサミだとわかった。作家先生の言うとおり、めでたく連続殺人事件になったってことよ。今まではそれぞれの所轄にチョウバがあったが、合同捜査本部になって、おかげで情報が入りやすくなった」

そして竹田はプライド高く、

「ま。そうなると、俺たち捜査一課の出番だからな」

と、言った。

「ところがだ。捜査資料を突き合わせてみたところ、それぞれの傷口に他の被害者のDNAは付着していなかった。犯人は用意周到な潔癖症ってわけだな……今のところは」

縁も言った。

「竹田刑事から凶器の話を聞いたとき、私としては納得できたの。鳥バサミはね、それを使えば鶏一羽を丸々解体できるのよ。細い骨なら切断も可能。でも、浅草の地下アイドルは特殊な指の切られ方をした。一度骨を折ってから、骨を傷つけないように指を切って持ち去られているんですって。襲われたのがトンネル道路で、時間もそれほどない中での犯行だったと考えると、慣れている上に猟奇的よね。ハサミに他の被害者のDNAが付着していなかったことも犯人像を表している気がするわ。使った凶器はその都度消毒しているか、刃先を徹底的に洗える構造の鳥バサミを使ったか……」

「鳥バサミは切るときに肉が動かないよう細かい歯が彫ってあるんですよ」

と、庵堂が言った。真壁は気持ちが悪くなってきた。

「調べてみたら分解して洗える品もあったんだがな。それだと刃先にカーブが付いてねえんだ。今、現物を取り寄せているところだが、海外製と思われる」

竹田は、ネット通販が盛んなおかげで苦労すると愚痴をこぼした。

「次は私の話を聞いてちょうだい。庵堂」

縁が庵堂に視線を送ると、庵堂は応接テーブルにタブレットを持って来た。縁の横に立って操作しながら言う。

「雨宮が連続殺人を疑った事件は四件あります。居酒屋のアルバイト、地下アイドル、インストラクター、カラオケバーの経営者。全員がSNSで店や営業の宣伝含め、日常について発信していました。ネット情報の追跡に長けた者なら容易に個人情報を割り出せたことでしょう。四名はみなストーカーに悩まされていて、そのことについてもSNSで発信していたようです。また、それぞれアクセサリーに凝っていました。竹田刑事の話によれば、殺害後にアクセサリーごと、それを装着した部位を持ち去られているそうです。鳥バサミで」

「犯人は殺害に使用するナイフとは別に、戦利品収集用のハサミを用意していたってことよね。衝動的な犯行ではなく計画的。つまり実行のチャンスを狙っていたということになる」

「被害者を長期間監視してたってことですか」

真壁が訊くと、

「そうですが、さほど長期間でもありません。ターゲットを決めるのは数日から十日程度ではないかと思う。ネットでサーチすればいいだけなので、その場にいる必要もない」

と、庵堂が応えた。

「バカよね。被害者たちは考えもしなかったと思うわ。日常を発信することで、行動のすべてを把握されていたなんて」

「雨宮に言われて犯人が四人を選んだ理由をサーチしました。偶然目にした相手を狙ったわけでないのなら、同一の情報を使って被害者たちを選び出したと思われるからです。そして、こんなサイトを見つけました」

庵堂がテーブルに載せたタブレットには、『下町のマドンナ』というタイトルが躍っていた。

「投稿者が勝手に写真をアップできるサイトです。街で見かけた可愛い子のうち、その気になれば会いに行ける女性のみを載せています。四名の被害者は、いずれもこちらの投稿欄に情報がアップされていました。匿名投稿ですから被害者が自ら写真をアップすることも可能です」

「なんのために」

と、竹田が訊いた。

「集客目的と自己顕示欲かしら。けっこうあるのよ、自作自演は」

「各写真の下にはコメント欄があり、投稿者同士でやりとりもできます。それを見ると……」

数百名以上と思しき写真の中から、庵堂は手際よく一枚を呼び出した。右の瞼にアイリッドを着けたカラオケバーの経営者だ。コメント欄には以下のような投稿が載せられていた。

――都美ちゃん。ビジュアルきつい。メンヘラ。病み系。――

――19時開店だけどお願いすれば入店可。火曜狙い目――

「彼女の事件は何曜日でしたか？」

庵堂が訊くと、竹田は捜査手帳を出して言った。

「ううむ……たしかに火曜か月曜だな」

「犯人はそのサイトの常連ってことですか」

「おそらくそうだと思います。四名揃って掲載されているのはここだけですから」

「マイハニー候補と言って、気に入った子にポイントを付けることができるのよ。『マイハニー・ポイント』は日ごとに上位十名がタイトル画面に載る仕組みなの。ちなみに被害女性たちはそれぞれ十二月以降のタイトル写真に複数回掲載されていたみたい。カラオケバーの女性は三月のタイトルに起用されていたわ」

「それが被害者だってことは、サイトに来ている連中も知ってるんですかね」

真壁の問いに庵堂が答える。

「今のところコメント欄に情報は出ていませんが、調べればわかることですからね。知っている者もいるでしょう。こういうのは誰かが面白がって吹聴すればすぐに拡散することですし」

「でも拡散はまだされてない？」

「今のところは」

と、庵堂が言った。

「サイト自体は有名なのかよ」

「閲覧数の多いサイトではないです。だから拡散しないんですよ。ごくマニアックなディープダイバー向けのサイトですから、滅多なことを発信して特定されるのを怖(おそ)れるのでしょう」

「だが、誰でも観れるんだろ？」

竹田がタブレットを覗き込む。

「そうとも言えません。下町のマドンナというタイトルはテキストではなく画像になっていますので、それで検索しても出てこない。もっとディープな、たとえば「ヤリ○○」というような、隠語から隠語へサーフインしていくと辿り着ける仕組みです。こうしたサイトに辿り着けて、密(ひそ)かに閲覧していることがサイトユーザーの自己顕示欲を刺激する」

竹田はジロリと庵堂を見上げ、

「ビョーキ持ちばっかりだな、世の中は……」

と、呟いた。

「犯人はやはりストーカーじゃないと思うわ。明確な理由でターゲットを選んでいるのに犯行声明も出していないし、報道が過熱しなくても不満を抱かない。つまりは劇場型犯罪者でもないってことね。独自の世界に生きていて、しかも孤独な人物よ」

「そりゃ、どういう人物なんでぇ」

縁は竹田の疑問を笑った。

「私はこういう人間ですと、札を下げてるわけじゃないから、見た目では判断できないわ。でも、被害女性の特徴が犯人の性癖を表していると思う。過剰気味なファッションね。犯人はそれに憧れ、それを自分のものにしたいのよ」

「殺した後に切り取ってか？」

「結果としてそうなっているのは、憧れの対象が自分だけのものじゃなくなったからかも。密かに見守っていたい相手だったのに、『マイハニー・ポイント』がたまって多くのユーザーの目に触れる場所へと躍り出た。そのこと自体が許せないのかも」

竹田はガリガリと頭を掻いた。ベタ付いた髪が何本か抜け、テーブルにフケが落ちていく。

真壁はそっと自分の茶碗を引き寄せた。

「あと……被害女性たちとは明らかにタイプが違うのであまり気にすることはないのかもしれませんが、実は……」

タブレットを引き寄せて自分の手元で操作してから、庵堂が真壁に向けてモニターを指した。

そこに浮かんだ写真を見ると、真壁は小さく「あっ」と叫んだ。

「なんでえ、どうした？」

と、竹田も言った。

それはマイハニー候補の新規投稿写真をキャプチャで撮ったものだったが、写っているのは飯野であった。のぞね書房で朗読会をしたときのものだ。飯野は書店のエプロンを着けて椅子に座って、膝に置いた本を読んでいる。エプロンに書店名が入っているので、素性を知ることは容易いはずだ。

「うわ……油断も隙もあったもんじゃないな」

真壁が驚愕して言うと、

「知り合いなのか？」

と、竹田が訊いた。

「俺の部下だった子です。いろいろあって、ようやく現場に復帰できたところなんですよ」

「飯野さんは地味なタイプで犯人の好みとは違うので、さほど心配する必要はないと思いますが、これを知って、いい気分にはなりませんよね」

庵堂が言う。

「投稿も新しいのよ。でも、不穏だから庵堂に頼んで消しておいたわ」

庵堂はニコリと笑った。

「よかった……蒲田くんが知ったら病むところだよ。ホント、マジかよ」

「で？　今の話からすると、次のターゲットもこの、なんだ、下町のマドンナから選ばれるってことになんのかよ？　東京近郊にいて派手なタイプの姉ちゃんが」

「目立つ戦利品を持ち、ストーカーがついている女性よね」

縁が補足する。

「それは誰なんだ？」

と、竹田が訊いた。答えたのは庵堂だった。

「今のところ条件を満たすマドンナは見当たりません。おそらく犯人も、サイトを閲覧しながら好みの女性を探しています。目立つタイプを見つけると、ネットサーフィンして状況を把握する。相手が自分だけのマドンナでいるうちはいいが、メジャーになると殺してしまう」

「短期間に四人も殺したのは殺意が開花する理由があったから。この手の犯人は長いこと妄想と不満を自分の中に閉じ込めている。でも、一人目を殺してしまうと、快感で欲望を抑制できなくなるの。ストレス要因か、それとも殺意を開花させるなにかがあって暴走を始めたんだと思うわ。それがなにかはわからないけど」

「アカデミーですか？」

と、真壁が訊いた。

「アカデミー？　そりゃなんだ」

竹田も訊いたが、縁は答えず話を続けた。

「犯人が求めているのは被害者のカリスマ性よ。それを殺害して特徴的な部分を強奪することで、自分がカリスマになった妄想をする。それにしても手際がよすぎる」

「確かにな……目撃者が全くいねえ。普通はよ、返り血を浴びるとか、手が血で滑って怪我をするとか、叫び声を聞いたとか、そういう話が出てくるもんだが、それがねえ。被害者は全員、ほぼ即死だったとわかってる。そしてきっちり二回ずつ刺している。たぶん一度だと不安なんだろう」

「もしかして殺人の指南役がいるのかも」

縁の言葉に竹田は眉をひそめた。

「そりゃ真面目な話をしてんのか？　それとも小説の話かよ？　あ？　作家先生」

「どっちもよ」

と、縁は答えた。

「犯人は妄想を実行した。憧れの女から戦利品をコレクションして絶好調。今後はますます暴走していく。危険だし、でも、まだ今ならば、罠を仕掛ければ食いつくはずよ」

「またそんな……」

と、真壁は唸った。竹田はわけがわからずに、三人の顔を順繰りに見る。ようやく竹田と目が合ったので、縁はニタリと微笑んだ。

「竹田刑事。もう少し私の妄想に付き合ってね。あなたから鳥バサミの話を聞いたあと、私もね、色々考えてみたのよね、それこそ犯人の気持ちになって」

　立ち上がり、自分のデスクに行って本を取る。

　それは美しい写真と言葉で綴られたフォトエッセイだった。

「あれ？　それって、朗読会で飯野さんが読んでた本じゃないですか」

　と、真壁が言った。

「そうよ。これは……」

　と、縁は庵堂に目をやって、

「オンデマンド印刷で仕上げた受注生産本なのよ。一冊から注文ができて、ブローカー経由でネットや書店で販売される。作者は犯人好みの特徴を持つアルビノの女性なの」

「だから？」

　と、竹田が縁を睨む。縁はまたもニタリと笑った。

「本の著作権は作者にある。作者というか、この本を製作した人物に……飯野さんにこの本を薦めたのは私だったのよ」

「えっ」

　真壁は素っ頓狂な声を出した。

「待ってください。言ってる意味がわからない。先生が書いた本ってことですか？　出したいのなら俺に相談してくれれば、なにもオンデマンドでやらなくたって」

「そうじゃないの」

縁は本を竹田に渡した。空の広い草原に佇(たたず)む白い女性の写真が表紙になっている。ページをめくると短い文章が書かれていて、そこから先は短文と写真で構成されている。

「これを書いたのは私じゃないの。友人よ……そして彼女はもういない。死後に作品は私に託され、私が本にしたというわけ。飯野さんに朗読に使われたのは偶然だったけど、天国から彼女が力を貸してくれたのかもしれない」

「どういうことです？」

「重要なのは、この特徴的な容姿を持つ女性がすでに実在しないってことよ」

ますますわけがわからなくなって、真壁と竹田は視線を交わす。庵堂が言う。

「定期的にサイトを閲覧する人は、新規の投稿をチェックしています。獲物を探す犯人ならば尚更(なおさら)でしょう。そこで、アルビノのマドンナをサイトに上げます。彼女のSNSも仕込んでおきます。日付を遡(さかのぼ)って……そうですね、半年くらい前から記事をアップすればいいでしょう。ストーカーの影もチラつかせましょう。自分の本がのぞね書房の朗読会で採用されているという記事も」

「記事をでっち上げるくらいは作家にとって容易い作業よ。そして朗読会に顔を出させる」

「顔を出させるって、その女はもう死んでんだろうが」

真壁は肘で竹田をつつき、注意を縁に向けさせた。縁は竹田にニッコリ笑った。

「あ？　だって相手はアルビノなんだろ？」

「大屋東四郎に化けるより、ずっと楽だわ」

竹田はバケモノを見るような顔をして、自分のほっぺたを掻きながら、

「で？　どうするって言うんだよ」

と、訊いた。

「四人の被害者が出た犯行だけど、おおよそひと月おきに起きてない？」

竹田は捜査手帳を出して、舐めた指先でページをめくった。

「居酒屋の店員が殺されたのが十二月の十二日。浅草の地下アイドルが一月の十一日で、インストラクターが二月の九日。カラオケバーの経営者は三月の……」

「九日か十日」

と、縁が言った。

「そして次の犯行は四月七日の夜」

「なんでそう言い切れるんだ」

「簡単よ」

縁はそう言って真壁を見た。

「犯行が行われるのが満月だから。月と女性の体には密接な関係があるという説を知って

いる？　犯人は、満月こそが女性を意味すると考えているのかもしれないわ」

「月に捧げる生け贄ってか」

縁は頷き、先を続けた。

「次の満月は四月八日の午前中。でも、明るくなったら月は見えないわけだから、前夜の七日が決行日。しかもこの日はスーパームーンよ。そう考えると時間はほとんどないものね。犯人はいま、血眼になってターゲットを探している。『下町のマドンナ』にいなければ別のサイトに移動していく。それをされると私たちの追跡が間に合わなくなる。だから先に仕掛けておいたわ」

庵堂がタブレットに指を置き、一枚の写真を呼び出した。

髪も肌も睫も白い女性の写真だ。

——驚愕。マドンナというか妖精——

と、投稿者のコメントが入っている。彼女は自分の本を持ち、のぞね書房をバックに写っている。

「時間を遡って、自作を朗読会に採用してもらったという記事をＳＮＳにアップし、下町のマドンナサイトにも投稿したわ。ストーカーの悩みについても書いた」

「ちょっと待て。それで犯人をおびき寄せるってか」

「彼女が出没する場所は限定しやすいようにしています。特にのぞね書房の朗読会は、次回もそっと聞きに行くと書き込みました」

庵堂は偽の女性のSNSを呼び出した。街の写真や路傍の花を映したものに、それとなく風景が映り込んでいる。特徴的な建物をさりげなく配置して、お気に入りのカフェや、そこのメニューも入れている。ストーカー対策に男性用トランクスを買ったという洗濯物の写真まであった。

「ううむ」

と、竹田は唸り、真壁は訊いた。

「のぞね書房を張っていれば犯人が来ると思うんですか」

「私の推測どおりなら、先ずは下見に行くでしょう。そして次の朗読会に姿を現す。アルビノの彼女と接触するか、彼女の後をつけるかも」

「そしてなにを奪うんですか？　象徴的なアクセサリーは身に着けていないようですが」

「髪よ」

と、縁は頷いた。

「今度は髪を奪うはず。もしくは彼女の眼球を。戦利品はコレクションだから、同じものを奪わずに目新しいなにかを奪うのよ。犯人が今まで手にしたものは、耳と鼻と指と瞼。それ以外のものを探すはず」

「薄気味悪い話だが、納得できるところが恐ろしいなあ」

竹田はそう言って捜査手帳をしまった。

「いや……驚いたよ。作家先生の妄想力とやらはトンデモねえな。あんた」

と、真壁の顔を見て、

「編集者ってのも大変だなあ……こんな連中と付き合うんだから」

と、しみじみ言った。

「まさかとは思うが、探偵ごっこはそれくらいにしといてくれよ？　ちなみに、のぞね書房ってのはどこにあるんだ」

真壁が場所をメモして竹田に渡すと、

「読書会だか朗読会はいつなんだ」

「のぞね書房のホームページにアップされているはずよ。あと、もしも捜査会議に出すのなら、『下町のマドンナ』への行き方は」

縁がURLを送ろうとすると、真壁が竹田の代わりに言った。

「竹田刑事はスマホじゃなくてガラケーですが」

「おうよ。俺個人のほうへ送ってくれや。警視庁のヤツじゃなく。ゴッチャになったら面倒くせえからよ」

では。と庵堂が竹田の前に手を出した。

「URLを写真に撮って差し上げましょう」

竹田は素直に携帯電話を渡し、庵堂はそれを使って写真を撮った。出来具合を確認してから竹田に返す。竹田は残りの茶を飲んで、

「それじゃ、俺は戻ってやることがあるから」

出口へ向かうために席を立つ。庵堂が先に行って鍵を開けると、

「バッカじゃねえのか？　いちいち鍵を掛けてんのかよ」

と、笑った。

「こういう話ばかり書いているとね、人間不信になっていくのよ。変な人が入ってきたら怖いから」

違えねえ、と吐き捨てて、竹田は廊下へ出て行った。

「竹田さん。この情報がヒットしたなら、取材のほうもお願いしますよ」

竹田が消えていく暗がりに、真壁が一声掛けておく。そして庵堂がドアを施錠するのを待って、真壁はすぐさま縁に訊ねた。

「さっきの話ですけど、犯行が起きるのが満月の夜だっていうのは、どうしてわかったんですか」

「真壁さんのおかげ」

ニッコリ笑って縁は言った。真壁は意味がわからない。

「忘れちゃったの？　あなたが吉井加代子からヒントをもらってきたんじゃないの。満月

よ」

「……え」

　真壁は泣きそうな顔になる。恐怖に凍り付いた表情とも言えた。

「待ってくださいよ……それじゃ……え……ウソだろ」

「もう一杯お茶を淹れますか？」

　執事のように庵堂が訊いた。

　二杯目は熱いほうじ茶だった。真壁はゆっくり茶を啜り、頭の中を整理しながら、考えていることを口に出した。

「満月よ……あれが犯行予告だってか？　でも、吉井加代子は檻の中だ。いや、でも刑務所じゃないんだから外出できるってことですか」

「無理だわ。警備が厳重なのを見たはずよ」

「ですよねえ。じゃあ……」

　ダサいフレームのメガネの奥で、緑の瞳が真壁を見ている。凪のような瞳であった。

「言ったでしょ。彼女は人を操るの。自分で罪を犯した場合でさえも、それは他人を操るためなのよ」

「今回は真壁さんを操ったということですね」

真壁は目の前の二人を見た。

「俺の後ろに先生がいると知ってのことだと言うんですか」

「もちろんそうだわ。社葬での宣戦布告が効いたのね。月岡玲奈と吉井加代子は一卵性母子みたいなもの。他の子は殺して玲奈だけを育てた理由は、玲奈の資質を見抜いたからよ」

「……え……じゃ……やっぱり片桐家襲撃事件の真犯人は……ちょっと待ってくださいよ。俺は頭がこんがらかってきました」

真壁はついにそう訊いた。

「私はこう考えているの。片桐寛の患者になったとき、吉井加代子は彼を気に入り、自分の娘が片桐家を侵蝕していくための方法を考えたのだと」

「……え」

「月岡玲奈が恋人を使って片桐家を殺させたのよ」

「ストーカーじゃないんですか」

庵堂が言う。

「本人はストーカーのつもりがなかったと思います。むしろ月岡玲奈のために命を賭ける騎士のつもりだったことでしょう」

「いや。だって、長女は部屋を盗撮されていたんですよ」

「すべて仕込みよ。玲奈の仕込み」

と、縁は言った。

「彼女に戸籍と財産を与え、より大きな実験場を手に入れることが吉井加代子の望みだったのよ。もくろみは成功し、玲奈は洗脳実験を始めたの。スマイル・ハンターも、ネスト・ハンターも、生み出したのは月岡玲奈よ。直接本人がやっていなくても、プログラムを改ざんするなり医師たちを操るなりすればいい」

吐きそうになって、真壁は自分の胸を叩いた。

吉井加代子を知らなかったら、『先生、妄想は作品の中だけにしておきましょうよ』と、言えたと思う。けれど真壁は知っている。そんなことを考える怪物が実在していることを。

縁は続ける。静かな目をして。

「月岡玲奈のバックにいるのが吉井加代子よ。私はそう思ってる」

「でも、片桐家襲撃事件が起きたとき、玲奈はまだ高校生だったんですよ」

「充分じゃない？　０歳児から吉井加代子の英才教育を受けて育ったわけだから。真面目で責任感が強くて正義を重んじるタイプか、孤立していて相手に傾倒していくタイプの男を見つけて誘惑し……虐待を受けているとか話して家族を皆殺しにさせる。男のほうは自分こそが正義だと信じているから、逮捕されても口を割らない。愛する女を守るため、一言も喋ることなく自殺した。玲奈のもくろみ通りにね」

真壁はブルンと額を拭った。

「いや、だって……ええ……」

そして頭に閃いた考えを口にした。

「吉井加代子が片桐寛の患者になったのも、結果として片桐家が玲奈を引き取ったのも、計画通りだってことですか」

縁は頷きもしなかったが、肯定していることはわかった。

「驚くことではないと思うわ。吉井加代子同様に、月岡玲奈も人を操ることに長けている。彼女に傾倒した人間はロボットにされてしまうのよ」

葬儀会場で縁と対峙したとき、月岡玲奈が縁の頬に触れながら涙を流していた光景を思い出した。あれもまた、他人を操るための術だったと言われれば、今の真壁は納得がいく。あの場所には多くの人が集まっていた。無礼者と騒ぐより、微笑んで涙を流す方がずっといい。見た者は彼女の涙と微笑みに惹かれ、この人になにがあったのだろうと同情するから。そして玲奈に惹かれていくのだ。

それにしても、あの一瞬にそんな芝居が打てるとしたら、月岡玲奈という女は心と体が完全に乖離しているということになる。あのとき、本当は、心でなにを考えていたのか。

真壁は心底恐ろしくなる。

「いや、待ってください……いや……」

　社会の闇を本にしてきた真壁ですらも、縁の話を理解するには時間がかかった。本音を言うなら理解したくないとも思った。複数の顔を用意して、新しく事務所を借りてまでして素性を隠す縁を変態と笑う気持ちは萎えて、吉井らの闇の深さに震撼していた。

「新しい本の広告が出たことで、玲奈はすぐにピンときたのよ。社葬に『彼』が顔を出し、その後、事故や自殺を装って人を殺していた患者たちが逮捕され、玲奈はすぐさま母親にそのことを知らせたはずよ」

「月岡玲奈は、今も吉井加代子と連絡を取り合っているわけですね」

「もちろんそうよ。玲奈を操っているのは母親だもの」

　それで真壁は思い出す。

「そういえば、俺たちが面会に行ったとき、受付名簿にあった秦則子って、ほんとうに月岡玲奈の本名じゃないんですよね？」

「この前も言ったけれど、それはないわ。だって、考えてみて。あの病院の経営者は玲奈なのよ？　自分の病院の患者と会うのに、受付名簿に記載する必要があると思う？」

「ラう、そうか……そうですよね。でも、そうしたら経営者特権で吉井加代子を外に出せたりもするんじゃないですか」

「おそらくそれはないでしょう」

と、庵堂が言う。

「玲奈は加代子を怖れているの。だから外には出さないわ。二人の関係は複雑なのよ。裏でマウントの取り合いをしている。玲奈は加代子の呪縛から逃れたいのだと思う。でも、そう簡単にはいかないわ。加代子は今の環境に甘んじているけれど、満足しているわけじゃない。面白がって試しているだけなのよ。隔離されたまま、どれだけ他人を操れるのか」

「いやいや、それが本当ならば……いや、玲奈が母親の呪縛を嫌っているなら、母親を殺すことくらい容易いように思いますがね。食事に毒を入れるとかして」

「檻の中に水槽があったのを見ませんでしたか？」

笑みを湛えて庵堂が訊く。たしかに水槽は置かれていたし、メダカが泳いでいたのも見ている。

「あれがおそらく毒センサーですよ。吉井加代子はバカじゃない」

そういうことだったのかと、真壁は感心を通り越しておぞましくなった。

連中に比べたら、自分の危機感のなさはどうだ。いや、普通に生きて危機感ばかりを感じることなんてないからと、自問自答してしまう。真壁は縁を見て訊いた。

「話をまとめると、今回の事件が事故や自殺を装っていなかったのは、バックにいるのが月岡玲奈ではなくて、吉井加代子だったからってことですか」

「さすがは真壁さん」

縁は目だけで微笑んだ。褒められたのかもしれないが、全く嬉しさを感じない。

「だから最初に言ったんですね。今までのハンターとは違うって……そうか。なるほど」

自分の意見に満足し、真壁は思わず拳を握った。縁はそれを見て微笑んだ。

「真壁さんのおかげで私もようやくそのことに気がついたのよ。ハンターを狩るハンター、つまり私たちの存在が、二人の関係に微妙な変化を与えたんだわ。吉井加代子が望むのは、他人を支配して自由に操り、神をも畏れぬ所業に手を染めさせること。そして玲奈は彼女の娘というより作品なのよ。吉井加代子は、作品が自分を超えることも、自分が与えた使命を失敗することも許さない。玲奈が自我を持つことも、加代子を捨てることも許さない。だから真壁さんにヒントを渡した。最高指導者は自分なのだと、月岡玲奈に知らしめるために」

「でも、俺が面会に行ったのは偶然ですよ？」

「違うわ。それも予測していたはずよ。あなたの後ろに私たちがいると知ったから」

真壁は言葉を失った。先生たちはいったい……。

喉元まで出掛かった疑問を呑み込んだのは、縁との付き合いが作家と編集者のそれであるからだ。自分たちは友人ではない。まして恋人でも、家族でもない。縁が書かないというのなら、そこで付き合いは終わってしまう。本を出すこと、それのみが使命で、自分と縁をつないでいる。

真壁は自分に言い聞かせ、

「メチャクチャ面白いじゃないですか」

と、だけ言った。

「それで、ここからどうするんです？」

「やることは今までと同じよ。罠を仕掛けてハンターを狩る。そして物語にして出版するのよ」

真壁は思った。『スマイル・ハンター』が出版されたら、隔離病棟のあの部屋の書棚に本が置かれることだろう。それを読んで吉井加代子はどう思うのか。娘の不手際を責めるのか、それとも自分の優位を感じて悦ぶのだろうか。

「今回の連続殺人事件について書くときは、黒幕の描写を少しだけ変えるのがいいわよね。加代子が育てたからこそ月岡玲奈は母親と同じ価値観を持っている。自分に勝る黒幕の登場は、たとえそれが母親であっても心中穏やかではないはずよ。二人の関係を揺さぶれば、化学反応が起きるかもしれないわ」

そして縁はニヤリと笑った。

真壁がゾッとするほどに、その笑みは邪悪に思われた。

第六章　トラップを仕掛ける

マイハニーを狩るハンターを炙り出すべく、縁は自分の外見を作った。

アルビノは様々な色の瞳を持つが、本を書いた女性の瞳はグレーであった。肌を塗り、睫を白くし、眉を白く塗っている間に、庵堂は純白のウィッグを縁に被せた。

「怒ってる？」

と、縁は訊いた。

「いえ別に……なぜそんなことを訊くんです」

「ぼくの顔を見ようとしないから」

鏡の中には別の縁が映っている。自費出版本の著作者に似せた顔、著作者の髪型、そして彼女が必ずひいていた薄い色のルージュを塗った唇をきゅっと噛みしめた若い女だ。

SNSに仕込んだ記事は犯人の好みに合わせて書いたけれども、本当の彼女はたおやかで物静かな人だった。三日にあげず縁の病室を訪れて、小瓶に野の花を飾ってくれた。いま、見た目だけを借りて徐々に容姿を近づけていく自分を見ると、縁は大声で叫びたくなる。

庵堂も同じ気持ちだろう。

庵堂の研究室はマホガニー製のチェストの上に彼女の写真が飾られていて、野の花が絶えることがない。庭もない建物の周囲を歩いて庵堂は毎日野の花を探し、彼女の写真に供えているのだ。けれども縁はそれについてなにも言わない。自分がそのことに触れれば庵堂の傷口を抉って(えぐ)しまうと知っているから。自分たちは地獄の使者だ。愛する人すら武器に替え、魔物を狩ろうとしているのだから。自分たちは地獄へ突き落とされて、魔物になって生還したのだ。生身の人間では生きられなかった。生身の人間のままならば、魔物と戦えないとわかっていた。

そして……と、縁は鏡を睨む(にら)。そこに映る女性の姿を見ないよう、俯いて(うつむ)ウィッグを梳(す)いている庵堂の、彫りの深い顔に目をやった。気配でそれに気がついたのか、俯いたままで庵堂が言う。

「外見を似せたからって、あんたは月子(つきこ)になり得ない。俺は怒ってもいない。そんな感情はとっくに使い果たしてしまった」

そして初めて鏡に目をやり、苦しそうに顔を歪め(ゆが)た。

縁の容姿にショックを受けて、今にも泣き出しそうな表情をする。

「……亡霊だな」

と、庵堂は言って、突然、背中から縁を抱いた。

人毛のウィッグに顔を埋めて、首筋に鼻を押しつけてくる。体に巻き付いた腕を通して、庵堂の悲しみと苦しみが縁に染みる。もう二度と放さないぞというように、力のこもった抱擁だ。

憎まれて当然だ。殺されても当然だ。彼の父親が自分と出会うことさえなければ、庵堂はいまごろ彼女と幸せな家庭を築いていたはずだから。縁は薄く唇を噛んで、気が済むまで庵堂の腕に抱かれた。それがいっときの幻であっても、過去の亡霊を見るのはつらい。

この美しい人は月子という名前であった。生まれたとき、アルビノの身体が月光のように輝いて見えたから、つけられた名前なのよと聞いた。月子を愛していればこそ、愛の記憶を復讐に使うのは心が千々に乱れるはずだ。新作『スマイル・ハンター』のヒロインに片桐愛衣を起用したときの自分がそうだったから、よくわかる。

ごめんね、ごめん、と縁は言った。心の中で、何度も、何度も。

そして庵堂が離れたとき、縁は鏡に向かって微笑んでいた。

氷のように冷たい顔で、感情の欠片も持たない殺人鬼のように。

これからのぞね書房に向かうと電話したとき、真壁は黄金社で蒲田と打ち合わせをしていると言った。装丁デザインが決定したのでデータの受け渡しをして、今は本に巻く帯のデザインと、次巻予告ページの打ち合わせに入ったという。

自費出版の著者は黄金社と関係がないので、ハンターをおびき寄せる役目は縁一人が負わねばならない。もちろん庵堂の影があってもいけない。なぜなら著者の『白金月子』は雨宮縁とは別人で、黄金社の真壁と共に精神病院を訪ねた庵堂のことは、吉井加代子がインプットしているはずだからだ。

最寄りの駅で電話を切ると、縁は一人で書店に向かった。髪色もメイクもファッションも多様化している昨今は、長い白髪が悪目立ちすることもなく、真っ白な肌が取り立てて人目を惹くこともない。けれどこの容姿は『餌』だから、少なくともハンターの気は惹かねばならない。縁は純白のセットアップに黒いジャケットを重ね、艶のある長い髪を風になびかせて街を歩いた。アルビノの瞳は光に弱いので、赤系のミラーグラスを選んで掛けた。思い出の中に生きる月子のイメージに憑依されるのを懸命に堪えて、被害者四人を身体に降ろす。歩くときは肩から先に、次いで膝、そしてつま先から踵へと地面を踏んだ。頭の天辺を糸で吊られているように背筋を伸ばしてショーウインドウに映る自分を見たとき、こんなのは月子じゃないと言って庵堂は泣くだろうと、心で思った。実際の月子はもっと小柄だった。メイクで頰をピンクに染めて、睫に黒いマスカラを塗っていた。

――可愛いでしょ？　裏の空き地に咲いていたのよ。ニワゼキショウって花なんですって――

摘んでくるのは、普通の人なら目にも留めない小さな花ばかりであった。それはおそらく、枕から顔を上げない陰気な患者が花を見上げて命の凄さに気がつくようにと願ったからだ。なにもかも奪われて空っぽになった心には、バラやスイートピーが艶やかすぎると思ったのかもしれない。もしくは患者に滾る炎に気付いて、月子自身が野花にすがったせいかもしれない。

路傍の花の美しさを語れる人は、命の尊さを知る人だ。

庵堂も、庵堂の父も、そのような人だった。自分の父も、自分の家族も、そのような人たちだった。彼らは悪人の餌食になるために生まれてきたわけじゃない。存在することで誰かを助け、誰かを幸せにできたはずだった。悪意に呑まれ、悪意をまき散らす存在ではなかった。

縁は天を仰いでみた。ミラー加工のサングラスを通して見る空は、沼地のような錆色だ。悪意の支配者が悪で世界を染めるというなら、

「アナタの勝ちだ」

心の中で縁は言った。

アナタはボクらを貶めた。そして悪意にまみれさせた。そういう意味ではアナタの勝ち

だ。

けれど、ボク個人はアナタに負けない。アナタが大切にしているものでアナタを完膚なきまでに叩き潰してやる。アナタは悔しさと絶望にまみれて、ボクらにしたことを思い知るんだ。

そのためなら汚れたってかまわない。それができたら、なんにもいらない。

のぞね書房が見えてきた。それは繁華街の一角にあるアーケードの入口に店舗を構える老舗の書店で、一階に一般書籍を、二階に専門書籍を揃えている。

大きな窓から内部が見えた。最も目を惹く場所に十二畳程度のスペースを取って、子供たちが絵本や知育玩具を試せるコーナーが作られている。飯野深雪の朗読会もそのスペースで行うのだろう。

縁は店の外で足を止め、飯野に電話を掛けた。片足に体重を掛けて歩道に立つと、小首を傾げて話をする。すでにハンターが監視しているかもしれないと、偏光ミラーを通して周囲を見たが、それらしき人物は見つからなかった。

「飯野さん？　雨宮です」

蒲田経由で事情を伝えてあったので、飯野はすぐにこう言った。

「いらしたんですね。すぐ出ます」

次の満月まで数日を切った。縁らが立てた作戦はこうだ。

『下町のマドンナ』に仕込んだ月子の画像に、庵堂はアカウントを変えて複数のコメントを書き込んだ。それにより数百件の画像に埋もれていた（と、ハンターが思う）月子の写真はジワジワとトップページに迫っていく。ハンターはアルビノの妖精月子の素性を調べるうちに、偽のSNSに誘導される。そして月子が四人の被害者同様に『戦利品』を持つ女と知るのだ。

その獲物は、最近受注生産の書籍を出版したとSNSで吹聴している。書籍は都内の小さな書店の目に留まり、朗読会を開いたところ、売れるはずもなかった素人の本が爆売れしている。もちろん著者本人のビジュアルも売れ行きに関与している。月光のごとき光沢を持つ白い髪。真珠のような白い肌。灰色の瞳に薄紅の唇。ハンターは月子のファンになり、彼女に理想の女を見るか、もしくはすでに当初の動機を忘れ去り、好みの女を満月に捧げることのみを考えている。庵堂はサイトのサーチを続けているが、今のところターゲットになりそうな獲物は月子以外に見当たらないと言う。『アルビノの妖精月子』は瞬く間にポイントを集めて、間もなくサイトのトップページに躍り出る。

「お待たせしました」

書店のエプロンを着けた飯野が迎えに出てきて、縁を見るなり目を丸くした。

「せ……じゃなくって、ええと」

縁はニコリと微笑んだ。

「著作者名の『白金』で呼んでもらえばいいわ」

「はい」

と、素直に答えたものの、飯野はまだ縁を見ている。

小さな声で縁は言った。

「普通はそんなに見つめないでしょ？　どうか普通にしていてちょうだい」

「ですね。はい。でも、なんというか、あまりにも完成度が高すぎて……」

飯野は素早く表情を作って、

「ええと、白金さんの販売棚の確認でしたね。あと、今月は、四月七日火曜日の夜にも特別朗読会を開いて欲しいと」

と言う。

「わがままを言ってごめんなさい。四月七日は満月で、白金月子の本に最適な日なの。仕事帰りのお客様が一人でも目に留めてくだされば と思って……あと、宣伝のために売り場で写真を撮ってSNSに投稿したいの」

「店長の許可も得ていますので、オッケーです。他のお客様が写り込まないようにだけ配慮してくださいね。あと、それに……ここ数日で、本当に本が売れているんですよ。ネットショップでも注文できるのに、なぜかお店に電話がくるんです。昨日だけで十冊も注文が入りました。版元経由でない本としては、うちでは異例の動き方です」

「怪しいお客も来たりしている？」

　店に向かいながら、飯野は首を傾げて考える。

「イベントを始めてからは、全体的にお客さんが増えている印象があります。本屋ですから常連さん以外の出入は激しいですし、防犯カメラをチェックしていれば不審な人はわかるんですけど、そっちは万引き関係が多いので……」

　歩調をゆるめて声を落とした。

「本当なんですか？　またハンターが出たと言うのは」

　縁はコクリと頷いた。

「蒲田くんから聞きました。先生はやる気だと」

「本当よ」

「防犯カメラの映像は、保存しておくほうがいいんですよね」

　助かるわ、と縁は言った。

「警察に提出を求められるはずだから、昨日以降のデータを取っておいてもらえると嬉しいわ」

　そして改めて飯野に言った。

「飯野さんにあの本を薦めたのは私だけれど、その時点で他意があったわけじゃないのよ？　飯野さんの声で読んであげて欲しかっただけで」

「もちろんです。利用されたとか思っていません。それにあの本……あんなふうに書かれると、世界からきれいなものは決してなくならないんだなって思えてきます。石ころひとつ、朝露一滴、空きビンに映る光でさえも愛おしくなる。私も、もっと早くあの本に出会いたかったです」

「データをまとめるのに時間がかかってしまったの。ほかにもメンタル的な理由があって……」

それについては詳しく言えない。作者がすでに他界しているからだ。

「でも、本のかたちにして頂いて本当によかったです。言葉の力ってすごいですよね。あの本はどうして黄金社から出さなかったんですか？」

「書いたのが私じゃないからよ。作者は写真の女性で、もしも彼女と出会わなかったら、私は作家になれなかったわ」

「そうなんですね。あの人は、ただのモデルさんかと思っていました。でも、また罠を仕掛けるというのなら……その人のことが心配です」

縁は胸に手を置いて、

「そうね」

と微笑み、少し考えてからこう言った。

「でもハンターは彼女を狩れない。狩るのは私でハンターは獲物。絶対に逃がさない」

飯野は頷き、のぞね書房の扉をくぐった。


その日のうちに、縁は記事をアップした。

書店の平積みコーナーに並ぶ自作をバックに、艶然と微笑む月子の写真を公開する。


【今日は『のぞね書房』へ行ってきました】

――受注製作&出版の拙作ですが、とても売れているそうでビックリです。

ご注文くださった方々ありがとうございます。

のぞね書房様では、『この本を読もう月間イベント』で拙作を取り上げてくださっています。

私は朗読が下手ですが、書店員さんは声が素敵なんですよ。

ここだけの話、朗読会は毎回こっそり聴きに行っています（笑）。

そしてそして、満月の夜にも！

火曜日で平日ですが、白金月子の名前にちなんでお仕事帰りの皆様のための朗読会が決定しました！　私もその場にいますので、見かけたら声をかけてくださいね――

庵堂が操作するパソコン画面を覗き込み、

「あからさまな誘いだけど、食いついてくるかなあ」

と、縁は言った。

「どうでしょう……でも、他にはターゲットになりそうな子がいないですから」

「飯野さんも防犯カメラの映像を保存してくれるというから、送ってもらうことにした。確認はボクがやるよ」

「あまり無茶をしないように」

庵堂はモニターだけを見つめている。すでにこの世にいない女性が今日の本屋に映り込む。その罪に戦きながらも、思い出せ、と縁は自分に発破をかける。これは正義なんかじゃ決してない。浅ましくもおぞましい復讐だ。そこには善意の欠片もないのだ。モニターを見ろ。自己中心的で利己的な自分の姿をよく見ろと、白い女性の映像に思う。ときに縁は自分を厭い、苦しくて、逃げ出したくなる。骨から肉を剝ぎ取って、炎に投げ込んでしまいたくなる。けれど、でも……縁は庵堂の背中を離れ、手のひらで腹部をさすった。

生きている皮膚の感触と自分の体温を手のひらに感じ、庵堂から見えないように、その部分だけを抱きしめる。こんな自分でもそこだけは愛しい。それがあるから生きられる。

「薬」

と、庵堂が背中で言った。縁はピルケースを出して何錠もの薬を口に入れ、ミネラルウォーターで飲み下した。

「ハンターは食い付いてくるはずです。やはり例のサイトには、目立つ容姿の女性はいません」

モニターから月子の映像を消して、庵堂はようやく振り向いた。縁が訊ねる。

「警察の動きはどう？」

「竹田刑事が動き出しました。部下に電話をかけまくって、馬車馬のように働かせています」

庵堂はパソコンを操作して、竹田の通話記録とその内容をテキストにして表示した。

合同捜査本部はサイトのアクセス情報を入手しようとしているが、そう簡単にはいかないようだ。警視庁にはそれ用の部署があるものの、多様なハイテク犯罪が頻発している現在は、捜査本部の都合だけで動かすことが難しいのだ。

「竹田という男はまさしく昔気質の刑事という感じですね。口も悪いが、態度も悪い。彼の部下は大変だ」

「真壁さんは凄腕だと言ってたよ」

「それはそうなんだと思います。見かけで捜査するわけではないでしょうし」

「庵堂が『見かけ』の話をするの、笑える」

庵堂は片方の眉だけわずかに上げた。気にも留めずに縁は続ける。

「自分の携帯が盗聴されていると知ったら、竹田刑事はどう思うかな」

次から次へとモニターに浮かぶテキストデータを見ながら訊くと、

「知らないんだから、どうも思いませんよ」

と、庵堂は言った。

「下手になにかを仕込んだわけじゃないですからね、複数の機器で通話を受ける設定にしただけで。彼は機械音痴のようですし、機種変更時に竹田刑事以外の誰かが気付いたとしても、本人が設定したと思うでしょう。ハンターが捕まればこちらの番号を消去するので問題ナシです」

二人がいるのは神保町の廃ビルではなく、船橋駅から車で二十分程度の場所にある住宅街の本拠地だ。こちらにはすべての機材が揃っているし、変装用のツールもある。この場所を知っているのは今のところ真壁と蒲田だけである。すでに日は暮れているが、部屋に窓らしき窓もないので外の様子はわからない。

「神保町のビルは、雰囲気がけっこう好きだ——」

と、縁は言った。

「——窓に蔦が絡んでいるから」

「でも、そう長くはいられませんよ。早いとこ決着をつけて逃げないと。郵便ポストに社名シールを貼って誤魔化しても、夜は電気を点けるわけにいかないし、廃ビルに人の出入りがあれば遠からず人目を惹くでしょう。電気料金の請求書が行けば、電気を盗んでいる隣のビルの住人がメーター量の差に気付くかもしれない。俺たちが危うい橋を渡っているのは間違いないですからね」

「うん。わかってる」

と言いながら、縁は俯いてクスクス笑った。

「可笑しい話をしましたか？」

庵堂は眉間に縦皺を刻んでいる。

「いや、そうじゃなく。あれが取り壊し予定のビルだとわかったときの真壁さんの顔を想像したら可笑しくて」

「目上の大人をからかってばかりいると、いつかひどいしっぺ返しを喰らいますよ」

庵堂が縁に溜息を吐いたとき、飯野から本日分の防犯カメラ映像が送られてきた。

「飯野さんからデータが来ました。三倍速で観てくださいよ？　あと、原稿の進捗状況は」

「大丈夫、大丈夫」

縁は庵堂の脇から手を伸ばし、飯野のメールを自分の部屋へ転送した。

薄暗い部屋のベッドの上で、映像を確認する。

十時間にも及ぶそのデータは、三倍速で確認しても三時間以上かかってしまう。かといって、データのほとんどは変わり映えのない書店の景色だ。不審な動きをする者がいても万引きの場合が多いと言った飯野の言葉が、映像を観ると腑に落ちる。この日も万引き犯らしき人物が映っていたが、そうした者には店員が貼り付いていて、レジをスルーして外へ出るのを見張っている。万引き対応に人員を割かねばならないなんて、書店経営も大変だ。のぞね書房には何台もカメラが置かれているらしく、ブロック状に切られた画面にそれぞれの映像が映っている。

縁は主に、月子の本が置かれた一階部分を注視していた。イベントコーナーは子供たちで盛況で、大人が本を選ぶ時間に貢献している。月子の本を手に取る客も一定数いるが、それだけで怪しいわけではない。書籍の棚より店内に興味を示している客を見つけたが、その後、店長と一緒にディスプレイを確認し始めたことから、出版社の営業マンだと知れた。目線で画像を追いながら、縁は頭で考える。

マイハニーを狩るハンターと、吉井加代子の接点はどこだ？

ネット上に出回っていた吉井加代子に関する記事は、帝王アカデミーによってすでに削除されている。事件報道自体は残っているが、加代子の精神疾患が認められたため、個人情報が公開されることもない。ネットで吉井加代子を知る術はないということだ。

縁は思いついて映像を止め、過去に吉井加代子が某かの本を出版していたのではないかとサーチしてみたが、本の数が膨大すぎて諦めた。

そもそも吉井加代子の存在は吉井家の事件が報道されて初めてクローズアップされた。加代子と夫が出会ったのは終末思想を妄信するコミュニティで、そのコミュニティの人々は集団自殺を遂げている。加代子が集団自殺に関与したという証拠も今のところないし、コミュニティに参加する以前の彼女についても、わかっていることはなにもない。片桐寛のクリニックからも彼女のカルテは消えている。消したのは月岡玲奈だ。

「いや……まてよ」

縁は眉間に手を当てた。

なにもない。誰も知らない。吉井加代子が夫の両親を殺していても、実の子供を殺していても、白骨化した死体は多くを語らない。加代子はその後に夫を殺し……それで世間は加代子の存在と犯行を知った。その後、加代子はどうなった？

「留置場」

と、縁は言った。そこで会うのは警備担当者と刑事と弁護士くらいだろう。あとは同室にいた誰か。けれど期間はとても短い。しかも見張りが付いている。

「拘置所」

そこでは誰と接触できる？　看守、受刑者、弁護士、矯正に関わる外部スタッフ、医師に看護師。

「そうか」

と、縁はまた言った。吉井加代子が逮捕された当時、月岡玲奈はわずか六歳程度だったはず。子供が加代子と面談できる術はない。片桐医師もそうさせない。

けれど現在も月岡玲奈は母親とコンタクトを取っている。間違いなく取っているはずだ。

片桐家の惨劇が起きたときでさえ、二人はすでにつながっていた。つまりは誰かが手足となって、玲奈と加代子を繋げていたのだ。それは誰だ？

待て待て、と、心で呟く。吉井家から死体が出たあと、加代子は拘置所に収監された。その後は隔離病棟へ移される。ハンターが加代子と会えた可能性があるのは、

「拘置所か、病院しかない」

そのことを庵堂に伝えようとして、縁はモニターに表示される時間を確かめて、諦めた。すでに真夜中になっていた。

筋道を立てて考えていくと、ハンターの正体を探るのも雲を摑むような話ではないかもしれない。加代子の世界は閉じているから、その中にいる人物を探せばいいのだ。洗脳には時間が掛かる。傾倒させるのは容易いとしても、その人物が心に抱える闇を探して増幅

させて、ハンターに育て上げるには相応の接触と時間が必要だ。

どこを調べればいいのか見えてきた。拘置所ではない。拘置所は他者の視線が多すぎるから。

縁は再び映像を動かした。

それさえわかれば怪しい人物を絞り込める。今回のハンターは守衛か医師か看護師だ。精神病院の職員名簿を手に入れて、頻繁に隔離病棟を出入りする人物を探せばいい。過去にいて、今も病院を訪れる者。もしくはここ数年のうちに隔離病棟の担当になった者。殺された医師の家族が一周回ってハンターにされた可能性もある。加代子は特にそうしたケースを好む。翻意させて闇に引きずり込むことに無情の悦びを感じる女だからだ。

ついに映像を見終わったが、本日分にはそれらしき人物を見つけることができなかった。けれどまだ初日だ。今日いた人物が明日の映像にも映っていたら、心の中でそいつに○をつけておく。そして朗読会当日に月子を監視する人物と同じだったら、そいつの画像を撮って竹田に送る。

「まてよ」

と、縁はもう一度言った。

「相手は吉井加代子だぞ……読んでいるはずだ、ボクらがハンターを狩ることを。真壁さんにヒントを与えたのもそのためだ……次の犯行は七日の満月。月子を殺させ、そして……どうするつもりだ？」

縁は、

「ああ、チクショウ」と吐き捨てて、ベッドを飛び下りた。

そして一度は諦めた庵堂の部屋へと急いだ。

庵堂は自室におらず、人頭のレプリカが並んだ部屋で、月子のマスクを調整していた。

翌早朝。

ボサボサ髪で牛乳瓶の底のようなメガネをかけた青年が、警視庁本部近くの喫煙所で竹田刑事を待っていた。花冷えの風が吹き、中空に桜の花びらが舞っている。喫煙者が来て、また去って、時間が過ぎて、雲間から太陽の光が差し始めたころ、おかっぱ頭の刑事がひとり、トレンチコートの裾を風になびかせながらやって来た。待ち人の姿が見つからず、キョロキョロと辺りを見回す。

「お疲れ様です」

青年は俯き加減に近づいて竹田の隣で煙草を咥え、風を避けながら火を点けた。

竹田はギョッと振り返り、上手そうに煙草を吸う青年を見た。

青年は警視庁のビルに向かって煙を吐いた。

「竹田刑事。お呼び立てしてすみませんでした」

そう言うと、もう一度周囲を見渡してから、竹田は訊いた。

「なんだ、先生の弟子かなんかか？」

それがいきなりタメ口かよと、ヤケクソ気味に言ってから、ハッとしたようにまた訊いた。

「まさか」

青年が薄く笑うと、竹田は本気で驚愕しながら、

「俺はあんたが一番怖いよ」

「目立たないようにしただけです。一服したら消えますが、情報を渡しておきますね」

竹田はポケットに手を突っ込んでから、両手を出して囁いた。

「悪いな。俺にも一本くれや」

縁が差し出す煙草をつまみ、咥えたので火を点けてやる。互いの手で風を避け、竹田の煙草に火が点る。ゲホッと小さく噎せてから、竹田はいじましい仕草で煙草を吸った。

「特殊精神病院、私立帝王病院の隔離病棟。そこに勤める人物と、勤めていた人物の名簿が欲しいです」

と、縁は言った。

「なんで精神病院なんだよ」

「隔離病棟に殺人犯の女が入院しています。吉井加代子というんですけど、ご存じですか」

「知らねえなあ」

即答してから竹田はさらに考えて、

「……いや、やっぱわからねえ」

と、頭を振って煙を吐いた。

「逮捕されたのが三十年近くも前ですからね。でも、たぶん、今回の連続殺人犯は吉井加代子と接点があります」

「なんでそんなことがわかるんだ」

縁は厚底メガネの奥から竹田を見つめた。

「犯行の猟奇的部分が臭うからです。竹田刑事には真壁さんが白星をプレゼントしてますが、あれ、真壁さんは、なんでわかったと思いますか？」

そりゃ、おめえ……と言いながら、竹田は縁にニヤリと笑った。

「俺も伊達に長年刑事をやってるわけじゃねえんだよ。真壁のとっつぁんは頭のいい奴だが、どっかの作家先生みたいに根性がひねくれていねえんだ。だからあの白星は、厳密に言うと真壁の野郎の手柄じゃない。真壁には『ひねくれた』発想がねえからな——」

縁は宙を見上げて煙草を吸った。霞みがかった水色の空を、雪のように花びらが舞っていく。

「――作家先生の事務所のビルだが、階段の手すりに埃がついてた。現役のビルならそうはならねえ。あんた、いったい何者なんだ」

「営業妨害ですよ？」

と、縁は言った。

「覆面作家に正体を訊ねるなんて」

竹田はしばらく睨んでいたが、目力に自信のある刑事ですらも、顔だけあって顔が見えない相手は勝手が違うというように、しばらくすると視線を離した。

「ちぇ、まあいいや。白星もらったことは確かだし。で？　その入院患者が怪しいのかよ。病院のスタッフ名簿と、どう関係するんだ」

「吉井加代子がどんな人物か調べれば、名簿を欲しいとぼくが言った理由がわかるでしょう」

「名簿を渡せば犯人を当ててみせようってか」

「超能力者じゃないから、それは無理です。でも」

縁は煙草をもみ消して、厚底メガネを持ち上げた。裸眼で竹田の目を覗き、ニヤリと笑う。

「犯人はアルビノの女性をターゲットに決めました。アクセサリーなんかなくても存在そのものが目立ちますから。そういうオーラも纏わせておいたし……今頃は、彼女をどうやってどう殺そうか考えて、嬉々としていることでしょう。ただし、SNSを調べても、彼女の住まいや勤め先を見つけることはできません。だから下見のため書店の朗読会に顔を出し、本人を確認して後をつけるほかはない。そして満月の夜に襲うんです」

「満月犯行説は絶対だってか？　やけに自信たっぷりじゃねえか」

「突発的犯行でないことはわかってるでしょ？　その手の殺人犯には美学があるんだ。吉井加代子の弟子なら特に、美学を大切にするはずだ」

竹田は眩しそうに目を細めただけで、黙っていた。

「これが五度目の犯行になるわけで、慣れも奢りもあるはずです。渇望も……いま逮捕しなければ、さらに犠牲者が増えますよ。猟奇犯罪を犯す者は、最初は戦き、興奮し、やがてスリルに呑まれていく。常態化すると短い間隔で次々と犯行を起こすようになる。いえ、刑事ですから、そんなことはご存じですよね」

竹田はフンと鼻で嗤った。

「書店には防犯カメラがありますから、スタッフ名簿をもらえたら来客と照らして確認します。必ず朗読会に来るはずだから……その店は朗読会用のスペースが通りに面したガラス窓から覗けるんです。もしかすると、犯人は店の外から何度か様子を見たかもしれない。警察官なら周囲の店舗の防犯カメラも確認できるんでしょうけれど、ぼくには無理だ。残念です」

「俺にやれって言ってんのかよ」

縁は微かに唇を上げた。

「事前に犯人の予測を付けられなければ、逮捕のチャンスは一度しかない。次の満月までに朗読会は二度しかなくて、でも犯人は満月の前には殺さないから、一度は下見で、二度目が犯行の夜になる。そのときは……」

ボサボサ髪の青年の顔で竹田の耳に囁くように、

「……私を守ってくださるわよね？」

悪戯っぽく、縁は訊いた。

竹田はゾクゾクッと頭を振って、ナメクジでも見るような目を縁に向けた。

青年は笑い、踵を返す。

「待てよ。その名簿は真壁の野郎に渡せばいいのか？」

「アナタはボクの名刺を持ってる。事務所の住所がそこにある」

去って行く縁を見送りながら、竹田も煙草をもみ消した。そして誰にともなくブツクサ言った。

「書いてあるのは化け物ビルの住所じゃねえか。なんか送っても、届くのかよ」

地味な服装をした青年は、すぐさま人混みに紛れて消えた。

週末の朗読会に、白金月子は、本を読む飯野の隣に座っていた。

著作者自身がなにかをするイベントではないものの、月光が人に姿を変えたかのような月子は人目を惹いて、居るだけで本の売り上げを伸ばした。本を買うからサインしてくれという者もいて、そうした場合、縁はレースの手袋をはめた手で、しかも左手を使って、短い横文字のサインを書いた。MOON・Sというのがそれだ。

透き通る飯野の声で読み上げられると、庵堂の恋人が綴った文章は、言葉そのものが光っているかのように聞こえた。磨いた林檎、雫に照る陽、霜柱の輝き、綿毛の白さ。飯野の声に耳を傾け、言霊に胸を震わせながらも、縁は極力眼球を動かすことなく来場者たちを見張り続けた。毎晩見続けた防犯カメラ映像の人々と、その場の人とを比べていく。しかし、犯人は店内に立ち入ることなくウインドウ越しにこちらを見ているのかもしれず、そうなると店内から確認するのは難しかった。

短い朗読が終わると、月子の本はさらに何冊かの注文を受けた。そうはいってもせいぜい花束を買える程度の印税で、その花束を手向ける先が月子本人の墓であるということが、縁には切なく思えた。朗読会は終了したが、怪しい人物は見つからない。

会が終わると、月子に扮した縁は店長や飯野に礼を言い、他のスタッフたちにも頭を下

げて出口へ向かった。すると、

「あの、すみません」

と、呼びかけられた。振り向けば、地味で小柄な中年女性が立っている。

女性は抱えたバッグに手を入れて、おずおずと本を取り出した。

「あの……私、前にこちらのお店で本を買った者ですけれど、今日、作者さんが来ると聞いたので……さ、サインを……」

お願いしてもいいでしょうか。と、彼女は訊いた。本は確かに読み込んだ形跡がある。

「もちろんです。ありがとう」

縁はレジカウンター近くにいた飯野を呼び止め、サインペンを貸してもらった。

表紙を開いてサインを書き込む。為書きをするために、

「お名前は？」

と、訊ねると、女性は滅相もないというように手を振りながら、

「いえ、もう、サインだけで」

真っ赤になってそう言った。近くで飯野がニコニコしながらそれを見ている。

「こちらの方は、前にこのお店で本を買ってくださったのですって」

サインペンを返すと、飯野は言った。

「いつもありがとうございます」

女性は恐縮して頭を下げると、サイン本を胸に抱えた。

「私の本のどこが好き？」

逃げて行こうとするので、微笑みながら訊いてみる。

「あの……あの……」

女性はすでにしどろもどろで、真剣な顔をして考えてから、

「きれいなところ」

と、短く答えた。様子に注目している者がいるのではないかと、縁は注意を払っていたが、それらしき人物は見当たらない。

「せっかくだから、どこかでお茶する？」

では、この女性はどうだろう。犯人が彼女を使って月子を足止めした可能性はないだろうか。それを勘ぐったので訊ねると、女性はさらに手を振りながら、

「いえ、いえ……残念ですけど予定があって」

と、口の中でモグモグ言った。

「あら、残念。ではまたね」

艶然と微笑む月子に女性は何度も頭を下げて、逃げるように店を出て行った。

「お茶に誘ったのは意地悪だったかしら」

呟くと、「そうですね」と、飯野は言った。

「作家さんだと思っているわけだから、普通はあがっちゃうかもしれませんね」

「作家だったら編集者なしで書店に来たりはしないんだけど。そういうことを知る人は少ないものね……飯野さん、今日は助かったわ」

それじゃあね、と手を振ると、「気をつけてくださいね」と飯野は言った。

縁は応えなかったが、今日のところは安全だ。ハンターの狩りは火曜日の満月の夜と決まっている。そいつはどこかから様子を窺い、月子を襲う場所を探している。真壁や蒲田も心配して朗読会に来ようとしたが、危険なので縁が止めた。ここから先は二人なしでやる。二人はあくまでも縁のロボットで、白金月子は囮の餌だ。

書店を出るとサングラスを掛け、縁は徒歩で街に出た。ウインドウショッピングをする体で一時間ほど歩いたが、後をつけてくる者がいるかどうかはわからなかった。

ショッピングモールに入って、ロッカーに預けておいた荷物を取り出し、女子トイレへ向かう。

パウダールームに立ち寄って様子を窺い、利用者がいなくなった隙に個室へ入った。わずか一、二分でトイレを出たとき、縁はアルビノの月子ではなかった。

ハンターが月子を尾行しようとトイレの外で待ち伏せしても、彼女に会うことはすでにない。リュックを担いでショッピングモールを出ていく片桐愛衣は、間もなく人垣に交じって消えた。

「では、今日のところは収穫なしだったんですね？」

夕方。有楽町ガード下にある居酒屋の、通路に置かれたテーブル席で、ナポリタンをほおばる愛衣に庵堂が訊いた。庵堂は愛衣の隣でウーロンハイをたしなんでいる。向かいの席にいるのは真壁と蒲田で、生ビールを呑んでいる。月子の衣装やウィッグを入れたリュックを膝で押さえて、愛衣はコーラをゴクゴク呷った。

「そうなの。盛況だったから期待してたんだけど、怪しい人はいなかった。でも、本はけっこう売れたんだよ？　サインとか求められちゃってさ、作家気分は満喫できた。しばらくお散歩してみたんだけど……あたしって才能ないのかなあ……それっぽい感じの人は見つからなかったんだよね。でも、そっちはどうなの？　竹田のおじさんから連絡あった？　通りにあるほかの防犯カメラを調べてくれるって言ってたのにな」

「そんなことまで頼んだんですか？」

真壁が敬語を使ったので、愛衣はジロリと彼を睨んだ。

「頼んでないよ。警察の人ならそういうことも楽そうだなーって、言ってみただけ」

「それって、頼んだってことですよねえ」

蒲田も真壁に同意する。

片桐愛衣は両脚をブラブラさせて、グラスのコーラを飲み干した。

この界隈は日が暮れるとサラリーマンが集まってくる。狭い空間にぎゅうぎゅう詰めになって、焼き鳥の煙を避けながら、呑んで、食べて、笑って、喋る。喧騒の中で聞き取れるのは、高笑いとオーダーの声だけだ。

「あと、名簿も欲しいって頼んだよ。ねえ、フライドポテト食べたいんだけど」

「太りますよ」

と、庵堂が言った。けれども愛衣は頓着せずに、

「すいませーん、フライドポテトと……」

「あと、冷酒と刺身と『逃げタコ』もください。二皿ずつ」

「追加でオレンジジュースとウーロンハイも」

追いかけて真壁と庵堂がオーダーを足す。『逃げタコ』はこの居酒屋の名物料理だ。客の向こうで店員がわかりましたと片手を挙げると、四人はまたも頭を突き合わせ、

「名簿についてはコピーが送られて来ましたよ」

庵堂がそう言った。

「正確に言うと、送られて来たのは黄金社へ、です。結局、俺が届けに行ったんだよなあ」

「真壁さんはもう一杯呑んでよーし」

縁が愛衣の顔で言う。

「その顔で『呑んでよーし』とか言われちゃうとね、なんか変な感じがするんだよな」

「娘に言われたみたいで嬉しいでしょ」

「俺の娘はとっくに子持ちの母親ですよ」

さきイカを咥えて真壁がぼやく。

「でも、それじゃ、どうするんですか？　もしも火曜日にハンターが来たとして、どの人がそうなのかわからなかったら、先生はどうやって身を守るんです？」

蒲田は深刻な顔をしている。

「い、いや、とりま飯野さんには危険が及ばないから安心してよ」

縁は『とりあえず、まあ』と、ＪＫの言葉遣いを真似た。

「ぼくは飯野じゃなくて先生を心配してるんですけど」

「先生やめて。愛衣ちゃんで」

そこへ飲み物が運ばれてきた。空いた器やグラスを下げて、新しい料理と酒がテーブルに載る。それぞれが欲しいものを早速つまみ、しばらくしてから蒲田がまた言う。

「どうやって身を守るんですか」

「少し離れて俺がついていますよ」

静かな声で庵堂が答えた。

「つけてくるとかならばいいけれど、今度はいきなり襲われるかも」

「どうしてですか」

と訊いたのは庵堂だ。女子高生に急いで化けた縁は肌がアルビノのままだから、頬紅を塗ってもビスクドールのように見える。

「黒幕の気持ちをトレースして考えてみたら、やっぱハンターは『使い捨て』だと思うのね？　そしてもしもハンターの意識がボスに完全支配されているのなら、五人目は差し違えるかもしれないなって……」

「どういう意味です」

と、真壁も訊いた。縁はジュースを飲みながら、『逃げたタコ』が皿に戻ってくるのを待った。名物料理の『逃げタコ』は小さなミズダコの佃煮だが、一度料理が運ばれたあと、逃げていた一匹が戻って来るのだ。その一匹がテーブルに置かれるのを待って、縁は早速それをつまんだ。

「真壁さんに託したヒントは挑戦状で、あたしたちはゲームに招待されたわけだよね。所詮はゲームなんだから、長く続ける気なんかないと思わない？　だから五人目が成功してもしなくても、ハンターの利用価値はもうないんだって思う」

そのことを、あの晩、縁は庵堂に伝えたのだった。

「利用価値がなくなると、どうなると思うんですか」

と、真壁がまた訊く。

「そこなんだよね。今回の件は今までとはいろいろ違うでしょ？　ボスが違うってこともあるけど、じゃあ、なんでボスが出てきたのかっていうと」

「先生のせいじゃないですか」

「愛衣ちゃん」

と、縁は真壁に下唇を突き出した。

「でね？　ボスは弟子の玲奈と自分の差を見せつけたいわけだよね？　そうなると、甘いことはしないと思うんだ。求めるのは、なんだと思う？」

真壁と蒲田は顔を見合わせた。

「月岡玲奈が育てたハンターとの差でしょうか……もしくはさらなるセンセーション？」

庵堂の言葉に、縁は頷く。

「そう、そこ。衝撃的ななにかで力の差を見せつけたいんじゃないのかな。だから公衆の面前で、あたしを殺す可能性がある」

一同は動きを止めた。それぞれに息を呑み、そして、

「だいじょうぶなんですか……」

と、蒲田がまた言った。

「困りますよ？　次の刊行も控えてるんだし」

真壁も真顔になっている。

「だから監視カメラのデータが欲しかったんだけどなーっ。ハンターの正体がわかっていれば、身を守るのが容易くなるから」

「そんな悠長な話じゃないでしょう？　これはもう竹田さんの仕事だと思いますよ」

「あーっ、真壁さんはそんなこと言うけどさ、警察は事件が起きなきゃ動けないんだよ、知らないの？」

「知ってはいますけどね」

当たり散らすようにして真壁がタコを口に放り込んだとき、縁がブレザーのポケットを押さえた。何事かと思ったら、電話が掛かってきたらしい。

「ヤバ！　電話来ちゃった。おじさんからだ」

ペロリと小さく舌を出し、あたりを一瞬見回してから、

「真壁さん、ちょっと、そっちへ詰めてよ」

真壁と蒲田を追いやってテーブルの下へ潜り込む。片耳に指を突っ込んで、テーブルの下で喋り始めた。

「おじさんって？」

蒲田が訊くと、

「おそらく竹田刑事でしょう——」

と、庵堂が答えた。

「――出版社が直接雨宮に電話してくることはないですから。真壁さん以外では」

そしてウーロンハイをゴクゴク呑み干してしまったので真壁が冷酒をお酌すると、庵堂はそれも呑み干して、店員に冷酒のおかわりを頼んだ。縁が襲われる可能性を知って心穏やかではいられないのだと真壁は思った。

テーブルの下ではヒソヒソ話が続いている。縁が誰に憑依して喋っているのか、真壁たちにはわからなかった。会話は長く、数分続き、愛衣が席に戻ったときには見知らぬ誰かの表情が浮かんでいた。彼女は庵堂の冷酒を摑み、一気に呑み干してからナプキンで口を拭った。

「先生。現在の見た目は女子高生ですよ」

蒲田がコソッと縁に告げる。

次はジュースをストローで啜り、また愛衣になって縁は言った。

「竹田のおじさん、部下に名簿を調べさせたって」

「え？　それで？」

と、真壁が身を乗り出すと、縁はいかにも不満げに、

「怪しい人物は見当たらないって。名簿に『犯人』って書いてあるとでも思ってんのか

な。あと、コピーは必ず焼却しろって、そればっかり」

フライドポテトを三本同時に食べてから、縁は庵堂に微笑んだ。

「でもまあ、一度はコピーをくれたんだから許してあげることにする。刑事の仕事って想像力が必要だと思わない？　『そういうつもり』で調べなかったら、『答え』があっても見つからないよ。それ、推理する者の常識だから」

庵堂は追加の酒を飲まなかった。会計をすませて店を出るとき、縁は真壁と蒲田に言った。

「協力してくれてありがとう。火曜日の朗読会だけど、二人は絶対に来ないでね？」

「でも」

という蒲田に縁は言った。

「いま話していて気がついちゃった。万が一、のぞね書房さんが殺人事件の舞台になったら悪いから、他の舞台を用意しようと思うのね？　そうすれば、蒲田さんも飯野さんを心配しなくてすむでしょう？」

「や、ぼくは別に……まあ、そうですけど」

「先生は、本当に劇場型犯罪が起きると思うんですね」

「真壁さんも思うでしょ？　このハンターは捕まることを怖れない。望みはひとつで、自分の欲望を叶えてボスに褒めてもらうこと。このハンターはカリスマになりたいの。それは大衆に対してじゃなく、ボスに向けてのカリスマなんだよ」

「それなら尚更」

「目的を取り違えないで欲しいんだなあ……ぶっちゃけ、ハンターなんか何人逮捕してもダメなんだからね。ハンター製造機を壊さなかったら脅威は絶対に去らないんだから。あたしの敵は、まだ誰も事件と気がついていない事件を起こす名人なんだよ。だから今回は、二人は絶対に現場へ顔を出さないでください。お願いします」

縁はペコリとお辞儀した。


「真壁さんたちが内情を知っていると思われたなら、必ず二人に危険が及ぶよ。二人だけじゃなく、周囲の人たちも危険になっちゃう。アカデミーのゴシップネタだけ追い求めている振りをして、今後は目立って動かないで欲しい。お願い」

「私からもお願いします」

と、庵堂も言い、

「本はきちんと書かせますから」

と、言って笑った。

「あーっ、なに、偉そうに」

ふくれっ面の片桐愛衣とじゃれ合っている様子を見ると、別の怪しい関係に見えてくるから不思議だ。真壁は、帰りに縁が生活安全課のパトロールに引っかかって補導される様子を想像して眉根を下げた。

「そうだとしても、情報だけは流してくださいよ？　こっちも心配ですからね」

「はーい。わかりましたー」

と、愛衣は言い、短いスカートを翻して駅のほうへと消えていく。庵堂はマイペースにそれを追って行ったが、横断歩道を渡る手前で彼女は止まり、また振り返って、

「バイバーイ」

と手を振った。

「……かわいいなあ」

と、蒲田が呟く。

中身がなんであろうとも、蒲田の意見には同感だと、真壁も思った。

翌日。仕事部屋で白金月子のSNSをチェックしていた蒲田は、思わず、

「……やった……」

と呟いた。週末で盛況だった朗読会の模様と一緒に、こんな記事がアップされていたか

らだった。

——満月と月：

おはようございます。週末にのぞね書房様の朗読会にお越し頂いた皆様、ありがとうございました。本を買ってくださった皆様、ありがとうございました。この朗読会は火曜の夜にも開催されますのでよろしくお願いいたします。朗読会は盛況で、私にもちょっとしたミラクルが起きました！　今日はそのご報告です——

二枚目には月子の自撮り写真があった。のぞね書房をバックに映っている。

——当日の朗読会にカメラマンの方がお越しだったそうです。そのあと連絡を頂きまして、なんと！　満月をバックにした私めの写真を撮影してくださるというのです。素敵な写真が撮れたなら、次の本の表紙に使いたいです。なので、火曜日の朗読会には行かれなくなりました。ごめんなさい。満月をバックに写真撮影するためです——

蒲田は真壁に電話した。

「お疲れ様です。蒲田です。雨宮先生のＳＮＳを見ましたか？」

　訊くと真壁も、

「いま見てる」

　と言った。

「書店に行かないってのはいいけどさ、これでどうやって敵をおびき出すつもりなんだろうな」

「ですよね。満月をバックに撮影するというだけで、どこにいるかアピールしていませんものね」

　画面をスクロールしながら蒲田は呟き、そして、

「まてよ？　あっ」

　と、身を乗り出した。

「わかりました。真壁さん、コメント後尾のハッシュタグを見てください。そこに名前があるじゃないですか。種村伍一（たねむらごいち）っていう」

　真壁に説明しながら名前の部分をクリックすると、『カメラマン種村伍一』に関する記事の一覧が出てきた。満月の写真ばかりが並んでいる。

　その記事のひとつで種村は、四月の満月について語っていた。

「この夜から未明にかけてスーパームーンで、サイトをみると、月を撮影する定番の場所が載っていますね」

「千代田区のビルの屋上だな」

同じ画面を見て真壁も言う。そして突然思い出した。

吉井加代子の病室には、専門書のほかにパソコンがあった。独房のような部屋に隔離されてはいるが、望めばあの場所から誰にでも指令を与えることができるのではないか。

そう考えたとき、真壁は自分たちが今回のプロジェクトから外された理由を理解した。

「これも庵堂さんが仕込んだのかな。サーチされる前提で」

「掲載写真はそれとなく場所を特定できるアイテムが入っています。月が昇る方向と見え方をサーチすれば、雨宮先生たちが撮影に来る時間もわかる。恐ろしいですね。いえ、先生たちが」

と、蒲田も言った。

「あの二人はどうしてこんな画像やデータを用意できるんだ？　事件が起きるとわかっていなけりゃ、準備できないいんじゃないのかな」

真壁は額をガリガリ掻いた。

「ハンターを狩るとか言って、その親玉の、さらに裏にいるのが雨宮先生ってことはないのか？　大丈夫かよ」

「いえ、たぶん真壁さんが思うようなことじゃないですよ」

蒲田が明るい声で言ったので、真壁は少しだけ気持ちが晴れながら、けれど納得はいかなかった。

「庵堂さんは、すでにある誰かのサイトを乗っ取ったんだと思います。アルビノの人のSNSを犯人はチェックしているわけで、だから今度はカメラマンのサイトへ誘引して罠を仕掛けているんです。用が済んだらサイトごと消してしまえばいいわけなので」

「よくわからんが、そんなことができるのか」

「ぼくは無理ですけど、知識があればできるはずです」

なんだかなあ、と、真壁は言った。

「ネット社会になってから、なにを信用すればいいのかわからんな」

「ほんとうですね」

と蒲田は笑い、でも、やっぱり心配だからと言って電話を切った。


四月七日火曜日の夜。

アルビノの美女月子に扮した縁は、同じくカメラマンに扮した庵堂と共に、千代田区にあるビルの屋上で月を見ていた。その場所は夜景を楽しめるレストランの非常階段を上った先にあり、侵入禁止になっていないが、月を撮る以外に利用価値のない空間だった。

劇場型犯罪を希望しているハンターが、人気（ひとけ）のない屋上に侵入してきて月子を襲うとは考えにくく、二人は犯人がビルの外で待ち伏せているはずだと踏んでいた。

二時間程度でビルを出て、人ゴミの中でハンターに襲われるのを待つ。

それが縁の作戦だった。

撮影用機器の明かりの下で、縁は竹田に電話を掛けた。

「気安く電話してくんじゃねえよ」

竹田はいつも不機嫌だが、この晩もそれは変わらない。

縁らは彼の電話を盗聴し続けていたから、吉井加代子が潜む私立帝王病院のスタッフ名簿に関しても、それが捜査本部では重要情報として扱われなかったことを知っていた。捜査本部は猟奇事件を起こす犯人の背後にそれを操る者が存在する可能性を理解できなかったのだ。

「ビルの名前を教えたでしょう?」

「わかってるから催促無用だ。こっちもな、俺の主導で張り込ませてるよ」

「嬉しいわ。竹田さんがいてくれるなら百人力ね」

縁は響鬼文佳の口調で言った。

「三十分後に下りて行くけど、私は全身白色よ。どうぞよろしくお願いします」

「わかったよ」

その言葉通りに、縁は白いドレスを着ていた。薄紅色に照るという今宵(こよい)の月に、全身が白い女性と、白いドレスはよく似合う。そして犯人の心理からすれば、純白の衣装を鮮血で染めるという妄想が魅力的だろうと思ったからだ。人毛のウィッグが風を孕んで舞い上がり、ビルの夜景を背にした縁は今にも夜空へ飛び立ちそうだ。カメラ越しにそれを見ながら庵堂が言う。

「吉井加代子はあの病院に三十年近くもいるんですよ？　竹田刑事が容疑者を見つけられなかったということは……すでに名簿に載っていない人物が犯人かもしれません」

縁は明かりの下に移動して手すりの土台に腰を掛け、竹田にもらった名簿を見ている。

庵堂はカメラを構えているが、撮影は真似事で、本気で写真を撮るつもりはない。いや。庵堂には撮れないのだ。

「そんなに古いスタッフじゃないはずだ。しかも隔離病棟に関わるスタッフは限られているから、この中に必ず犯人がいるはずなんだ」

アルビノの女性が縁の言葉を語っている。外見は月子に似ていても、中身はまったくの別人だ。

月子には、と、庵堂は思う。彼女には不穏な気配など微塵もなかった。月子は確かに人間だったが、いま目の前にいる月子は違う。特異な容姿に妖艶な雰囲気が相まって、人外にしか思えない。月子よりも妖しく、月子よりも美しく、月子の数倍は月子らしい雨宮縁は、桐生月子が死んだ事実を突きつけてくる。

庵堂の気持ちを知りもせず、縁は髪を掻き上げる。庵堂はその幻影を殺したくなる。

「これを見ると、隔離病棟の守衛は外国人ばっかりなんだね」

「真壁さんと行ったときもプロレスラーみたいな黒人の守衛がいましたよ。心から加代子を怖れているように見えましたが」

「うん……それはたぶん、誰かが被害に遭うのを見たからかもね」

「竹田刑事は現地に捜査員を向かわせたようですが、そのときの加代子は子猫のようだったそうですよ。ベッドから起き上がりもしなかったと」

「人を欺くのが得意なんだよ。相手が警察関係者ならなおさらだ。かたや黒人の守衛は正体を知っているわけだから、もう仮面も被らなかったというわけだね……そうか……」

と、縁は顔を上げ、庵堂は薄く唇を噛んだ。

「ハンターに対しても、加代子は別の自分を見せていたのかもしれないね？　怖がらせずに取り入ったんだ。多分、ハンターが心に闇を抱えていると見抜いたからだ。どう思う？　もしも加代子がカリスマ性を押し出して、その人物を操ったとすれば」

「なにを言いたいんです？」

「うん。多分ハンターは守衛じゃないはずだ。守衛はリストから外していい。なぜならば、職業柄、守衛は彼女の凶暴さを知っていなければならないから」

庵堂は光の中に寄って来て、縁が手にした名簿を覗いた。

「たしかにそうかもしれません。では、犯人は？」

「医者か介護士か看護師ということになる」

「……医者」

「その人物はまだあそこに勤めていると思う？　それとも、もう退職している？　もしくは他の病院へ異動している？」

庵堂は緑の隣に腰掛けた。そして匂いが違うと思った。月子はシャンプーの匂いがしていたが、緑のそれは香水だ。手元の名簿に目を注ぎ、ひとつの名前を指さした。

「この名前には見覚えがあります」

秦則子と書かれていた。隔離病棟の看護師で、すでに病院を退職している。

「だれ？」

と、緑も覗き込み、「ほんとうだ」と、呟いた。

「ボクも知ってる……でも誰だろう」

ビルの屋上を風が行く。まだそれほど大きくない月は、摩天楼の向こうに輝いている。それにしても今宵の月は、ギラギラとした光を放つ都会の夜景に負けていない。豊満に膨らんだ月を見ていると、月と女には関係があると古代から信じられていることもうなずける。

「あっ」

と、縁は小さく叫び、またもスマホを取り出した。

「今度は誰に掛けるんです？」

咎（とが）めるように庵堂が訊く。

「真壁さん」

「彼らは足止めしたはずですよ」

「そうじゃない。確認だ」

その電話を、真壁は千代田区の路上で受けた。運転席には蒲田が座り、路側帯でウインカーを出している。呼び出しの相手が縁だと知ると、真壁はウインドウから外を覗いて、

「ヤバいぞ、雨宮先生からだ」

と、言った。

「ぼくらが来てるとバレたんでしょうか」

「いくら先生でもそんなわけあるか」

「でも、庵堂さんが防犯カメラをジャックしたとか」

「ヤなこと言うなよ。はい。もしもし？　黄金社の……」

「真壁さん？」

と、縁は言った。

「ちょっと教えて欲しいんだけど。私立帝王病院の隔離病棟へ行ったとき、受付名簿の名前が透けて見えていたって言ったよね？」

真壁は蒲田にOKサインを出した。

「ああ、はい。言いましたけど」

「その名前って、秦則子じゃなかった？」

「そうだったかな？　そんなことよく覚えてますね」

真壁は慌てて手帳を探し、ページを開いて確認した。

「あー、そうですね。秦則子って名前でしたね。え、なんですか？　あれはやっぱり月岡玲奈の」

「玲奈とは関係ない」

縁は電話を切ってしまった。

「その人がどうかしたんですか？」

運転席から蒲田が訊いたが、真壁は首をすくめただけだった。

「間違いない。庵堂と真壁さんの前に面会したのが秦則子だ。面会の日付は数ケ月前だと、真壁さんは言っていたよね」

通話を切って縁が言うと、庵堂は名簿に指を置き、

「ハンターが男ではない可能性が？」

と、訊いた。縁の眼球が忙しなく動く。記憶を掘り下げているのである。

「……そうか……だからハンターは……」

手すりの土台に腰掛けたまま、縁は月子の顔で庵堂を見上げた。ニヤリと笑うので、庵堂はゾクリとした。

「やっぱり下見に来ていたんだよ。ボクはその人にサインをあげた。飯野さんもその人に、『いつもありがとうございます』と言っていた」

「会っていたってことですか？」

雨宮縁は頷いた。すでにキサラギの顔になっていた。

「だからストーカーが必要だった。若い女性が殺されてストーカー被害が報道されると、犯人は男だと刷り込めるから。出会い頭に刺殺したのも、被害者の刺し傷が二箇所あったのも、犯人が力の弱い女性だったからなんだ。『強奪』にハサミを使うのも医学の知識を持っていたから。犯人は派手な女性に憧れを抱き、同時に彼女たちを嫌悪している。好意と憎しみが隣り合わせにあるタイプ。見かけの自分と本当の自分の乖離に悩んでいるんだよ。温厚で目立たず人のいい外見と、残忍で嫉妬深く独占欲の強い内面が同居する。そして、決して人前に本性をさらすことができない。なぜならば、彼女自身が自分を最も嫌悪しているからだ」

庵堂は頷いた。

「まさしくハンター予備軍ですね」

「飯野さんがくれた防犯カメラ映像から、ぼくと接触した人のリストを作ったよね？　その人物の画像もあるはず。竹田刑事の電話に送って」

「わかりました」

と言ってから、庵堂は顔を上げて縁を見た。

「けれど、竹田刑事が画像を他の刑事と共有しようとした場合、本人は機械音痴(おんち)ですから、誰かが操作して盗聴機能が仕込まれていると見抜くかもしれませんよ」

縁は一瞬眉根を寄せたが、すぐに、

「やって」

と、庵堂に言った。

「この件が済んだら神保町の廃ビルからトンズラしよう。そのとき証拠もすべて消す」

「そうですね」

そしてまた庵堂に言った。

「たぶん大事にはならないよ。機械音痴はどこまでも機械音痴だから。指摘されても、いじっているうちに間違って自分でスイッチを押したと思うさ」

庵堂は苦笑しながらピックアップしておいた客の写真を呼び出した。そして縁が「彼女だ」と指摘した人物の画像を竹田の携帯電話に送った。

縁もすかさず電話を掛ける。

「だから、ちょんこづいて電話してくるなって言ってんだろうが」

「被疑者の写真データを送った。その人物が外にいたら、注意して」

「なんだとぅ？」

竹田はしばし無言になって、

「ああ」

と、奇妙な声で唸った。

「いるんだね？」

「ここからじゃよく見えねえが、さっきからずっとタクシー待ってる地味なオバサンがいてな。たった今、一台をスルーしたところだ」

「こっちはこれから出ていく。犯人は逃げる気がないと思うから、一撃目をボクが躱すのを待って捕まえて」

「なんだと？」

「でなきゃ現行犯逮捕できないでしょう？　おそらくだけど、彼女は今夜、戦利品をすべて身に着けているはずだ」

そして縁は「また白星だね」と、竹田に言った。

「ああっ？　捜査ってえのはな、地道な聞き込みと、証拠固めと……」

縁は彼がまだ喋っているうちに電話を切った。立ち上がって髪を掻き上げ、月子の顔になって言う。

「行こう」

庵堂はすでに撮影道具を片付けていた。カメラバッグを肩に掛け、三脚と、部品を入れたバッグを両手に提げる。月は次第に大きくなって、屋上から見えるビルの窓にも満月を撮影している人々のシルエットが窺えた。風は甘く、春が香って、なのに下の道路で渋滞している車のクラクションがうるさかった。

縁扮する白金月子は、やや傲慢（ごうまん）な歩き方をする。頭の天辺を糸で吊られたモデルかなにかのようである。片足を引きずる癖も、遠目に見ればわからない。揺れるスカートの裾が足の動きを隠しているからだ。ビルは外壁に沿って植え込みがあり、植え込みの前が歩道で、街路樹があって、車道になっている。多くの人々が行き交うが、竹田たちは通りを曲がった先に人員を配して人流をコントロールしていた。そうは言ってもここは東京で、地下道もあれば、ビル内部を通ってくる人もいる。犯人に気取られることなく周囲の安全を確保して、さらに犯行を誘発するなど至難の業（わざ）だ。竹田たち刑事にとっては、縁が目立つ服装でいることが唯一の救いだった。

その通りを遠目に見られるバス停に、蒲田の車は駐まっていた。竹田たちは上手く景観に紛れていたが、張り込みを知っている目で見れば、歩道にうずくまるホームレスも、別れ話で揉めているふうのアベックも、喫煙所のサラリーマンも刑事とわかる。

「大丈夫かなあ、雨宮先生」

ハンドルに上体を預け、首を伸ばして蒲田が訊いた。真壁も同じ気持ちであったが、答える言葉が浮かばなかった。

「あ、来ましたよ。あれが先生じゃないですか？」

蒲田が真壁を振り向いたとき、真壁も前方にそれを捉えた。

白金月子がエントランスを出る。

ビルの階段に立った時、風がスカートを舞い上げて、真っ白な鳥が翼を広げて落下してくるように思われた。長い髪を風になぶらせて歩道に降り立つ月子の後ろに、荷物を持った庵堂がいる。周囲に怪しい気配はないが、その先でタクシーを待つ人物が特異な風貌の月子を見ていた。

「あら」

片手で髪を掻き上げながら、縁はその人物に微笑んだ。朗読会で自著にサインさせてくれたファンの女性を認めたふうに。

小柄で、いかにも人が良さそうで、引っ込み思案な中年女性。縁は体を傾けて首を伸ばし、それが確かに彼女であると確かめようとした。

「こんばんは。またお目にかかれたわね」

中年女性が微動だにしない。その表情を目にしたとたん、縁は身体が凍ったと思った。

秦則子は笑んでいた。それはもう、笑顔の仮面が顔に貼り付いたかのような凄(すさ)まじい笑みだった。

口角を上げて目を細め、今にも「あはは」と声を上げそうな顔をしながら、両目に冷たい炎を宿していた。天使の容れ物に入(い)った地獄の炎というような、異様でおぞましい顔だった。則子はボテッとしたコートを来ていた。鞄(かばん)は持っていなかった。ボタンを留めずに前を合わせただけのコートの内部で、彼女は刃物を構えていた。その切っ先が、縁の身体を正面に捉える。走って行く車のライトが則子を照らし、刃物の先がギラリと光った。

来る！

右に避けるか、それとも左か、縁が頭で考えたとき、則子は歩道を蹴って突進してきた。

「やめなさい！」

刹那(せつな)、周囲に怒号が響いて、則子は止まった。凶器を構えたまま振り返り、通行人たちが自分に注目していることに気がついた。

次の瞬間、彼女はコートを投げ捨てた。

凶器も地面に放り投げ、そして車道に駆け下りた。

車道はどちらも四車線。そこを車が走っている。小柄な中年女性である彼女は、迫り来る車の隙間を縫って、ときに衝突しそうになりながら、まんまと反対側の道路へ逃げた。

若い刑事らがバリヤーよろしく警察手帳を掲げて、次々に車道へ飛び出して行ったが、渡りきった則子の姿はもう見えない。

「大丈夫か！」

と、走って来たのは竹田刑事で、縁の腕を掴んで訊いた。

「怪我しなかったか」

「早すぎよ。少し待ってと言ったじゃないの」

「そう言うな。尋常な雰囲気じゃなかったからよ。あと数秒遅れたら……」

「刑事さんの言う通りです」

庵堂もそばに来て言った。

「完全に呑まれていたじゃないですか。突進されたら、躱せなかったですよ」

それは縁もわかっていた。あの瞬間、コンマ何秒で見たものが、これほど身体を凍らせるとは。

「俺にはよくわからねえんだが、女はなんで笑っていたんだ？　あんなに不気味でおぞましい笑顔を見たのは初めてだ。一生夢に見そうだぜ」

若手の刑事が走って来て、

「逃げられました」

と、竹田に言った。別の刑事もそばに来て、

「見に来てください」

と、竹田に言った。彼女が道に残していったコートのことを言っているのだ。

「鑑識を呼べ」

竹田は若い刑事に命令し、縁と庵堂を連れて歩道のコートを見に行った。

分厚いただのコートだ。けれど、その近くには刃渡り二十センチ以上はあろうかというアーミーナイフが落ちていて、ポケットの中を確かめた刑事が異様なものを発見していた。

「……竹田さん、これを」

ポケットから出てきたそれは、刑事が広げた白いハンカチの上にビニール袋を敷いて置かれた。キラキラとした装飾品を着けたまま干からびた耳、そして鼻、無数のリングをつけた指、縮んで原型がわからなくなってしまった瞼には、アイリッドとつけ睫(まつげ)がついていた。

竹田はあからさまに顔をしかめて、別のポケットから出てきたハサミを見下ろした。最

初に予測したとおり、刃の部分が湾曲した外国製の鳥バサミだった。

「どうだい、先生」

トレンチコートのポケットに手を突っ込んで竹田が訊いた。周囲はにわかに慌ただしくなり、サイレンを鳴らしてパトカーが近付いて来る。歩道の一部にコーンが置かれ、コートの周囲に警察関係者が集まってくる。縁は戦利品を見下ろしながら、

「まだ終わりじゃない」

と、呟いた。

「あ？　終わりじゃないってどういうことだ。次の満月にまた殺(や)るってか。素性が割れちゃあそれもできまい。俺が逮捕するからな」

陣頭指揮を執った竹田の元に、次々と関係者が集まってくる。竹田は縁と庵堂に、

「悪いがあとで調書を取らせてもらうぜ」と、言った。

「明日電話するからな。今夜のところは帰っていいぞ」

「あら。そっちは自分勝手に電話しても許されるのね」

竹田にチクリと皮肉を言って、縁はおもむろに踵を返した。そして猛然と歩き出す。

「どうしたんです」

庵堂が追いかけてきて訊いた。振り返りもせずに縁は言う。

「これで終わりじゃないはずだ」

「それはいま訊きました」

「奥多摩へ行こう」

「どうして」

話しながら歩いて交差点にさしかかったとき、一台の車がパッシングしながら近付いてきた。乗っていたのは真壁らで、助手席のウインドウを下げて顔を出し、

「どうも。送っていきますよ」

と、真壁が言った。ありがとうとお礼も言わずに、縁は後部座席のドアを開ける。

「すみません。でも、どうして」

機材を積みながら庵堂が訊くと、

「野次馬根性に勝てなかったんでしょ」

と、先に乗り込んで縁が言った。

「ここは、心配してくれてありがとうと礼を言うところじゃないですか？　俺も蒲田くんも先生のことが……」

「ありがとう、礼を言う。それでさ、悪いけど奥多摩へ向かってくれない？」

運転席の蒲田に縁は言った。

「え？　どうして奥多摩？」

「精神病院へ行きたいんだよ。私立帝王病院。カーナビに入れて」

「助かりましたよ」

と、礼を述べながら庵堂が乗り込んできてドアを閉めると、冗談じゃないぞと言うように真壁が振り向いて文句を言った。

「いやですよ。なんでこんな時間からあんなところへ行かなきゃならないんですか」

「結末を確かめるためだよ。真壁さんはどうする？　すごい小説を読んでいて、一番いいところで落丁があって、ページが消えてしまっていたら」

「そんなことは許されませんよ」

それを訊くと縁はニッコリ笑った。

「森の手前に捨てていってくれていいんだ。でも、秦則子はもう向かっているから」

「どういうことです？　え。なにがどうなっているんです？」

「道々話すよ。車を出して」

ビルの前ではパトカーの回転灯が点滅している。その光を避けるようにして、蒲田は車を発進させた。

秦則子が怪しいと気がついた理由。そして彼女が月子を待ち伏せていたこと。コートのポケットから出てきた戦利品の数々。縁が顛末をそこまで話すと、

「それじゃ、その人がハンターだったってことですか？」

と、蒲田は訊いた。

「犯人は男じゃなかったんですね。それで、その犯人は、吉井なんとかという人の担当看護師だったんですか」

「おそらく間違いないだろうね。吉井加代子は相手によって態度を変える。真壁さんと会ったときは素の本人に近かったのか……いや、素がどんな人物なのかわからないけど。とにかく、天使にも悪魔にもなれるんだよ」

「取り込む相手によって態度を変える。多重人格とかかなあ」

「違うと思う。多重人格者は別人格になっている間の記憶がないけど、彼女はすべて把握している。今頃はきっと、ネットニュースの速報記事か、SNSの通り魔事件を調べていると思うんだ」

「犯行が失敗したことを知ったら、どうするでしょうか」

「そこだよ」

と、縁は庵堂に言った。

「考えているんだ。ずっと……もしも今夜、ボクが殺されていたのなら、秦則子はボクの髪を切り、すべての戦利品を手にして警察に自首したはずだ。それで世間は秦則子という犯罪者のことを知る。秦則子はカリスマになる望みを叶え、留置場で自殺する」

「えっ」

と真壁が振り向いた。

「自殺する？」

「そこまでがシナリオだから、実行するよ。吉井加代子に忠誠を示すために死ぬんだ。片桐家を襲撃した犯人と同じにね」

「けれど今夜の犯行は未遂に終わった……そうなると……彼女はどうするのか……」

庵堂が呟き、蒲田が答えた。

「満月を待たずに次の狩りをする。とか？」

「それはない。彼女は満月に人を殺す暗示を掛けられているはずだから。被害者たちは月に捧げる生け贄（いけにえ）じゃない。秦則子の渇望が、満月にピークを迎えていたんだよ。ある種の人たちは満月に衝動を抑えられない。狼男の話ができたのも、そういう人たちをモデルにしたからだ」

「でも、次の満月までは間がありますよ」

と、真壁が言った。

「今夜の満月は、まだ終わっていないんだ。正確には明日の午前十一時くらいに完全な満月になるわけだから。そして彼女は予定していたカタルシスも得ていない。計画は失敗し、自首もできない。現在は最高最大のフラストレーションを抱えてる」

「え、じゃあ病院へ行って、吉井加代子に頼んで、あの女にもう犯行はやめろと説教でもさせるって言うんですか？　それともネットを使って呼びかけさせる？」

ルームミラーの中から真壁が問うた。縁はチラリと目をやって、

「加代子がそんなことするはずがない。秦則子ならどうするか、それを考えたら……」

「隔離病棟ですね」

と、庵堂が言った。

「犯人はボスのところへ戻る。秦則子は忠実な僕で、ハンターだ。神のように加代子を崇拝している。さらに今夜は満月で、体中の血が煮えたぎっている。彼女は神に失敗を詫びて」

「自らを捧げる？」

と、真壁が言った。

「その可能性は高いと思う。だから彼女を捕まえないと」

「え、俺たちでやるんですか？　嫌ですよ」

「彼女はもう凶器を持っていないんだよ？　小柄な中年女性だし」

「そうだとしても嫌ですよ。ハサミで人の顔を切ったり、指を切ったりするような」

「ボクと庵堂でそれはやるから」

真壁は竹田刑事にその旨を伝えるべきだと言って譲らなかった。

「報告するのはいいと思うよ。でも、警察を動員してなにも起きなかったら？」

「それは向こうが考えることで、俺の責任じゃないですからね」

ブツクサ言いながら真壁が竹田に電話したので、縁はシートに体を預けた。

車は夜の首都高を進む。それでも秦則子のほうが先に現場へ着くだろう。電車を使い、あとはタクシーか、もしくは自分の車で行くはずだ。病院に勤めていたのだから蒲田より土地鑑もあるだろう。病院はすでに閉まっているから吉井加代子に会いたくても面会できない。でも彼女なら、吉井加代子とコンタクトを取れる秘密の場所を知っているのかもしれない。

空には月が照っている。

煌々（こうこう）と光を放つその天体は、なるほど確かに魅力的だし、魔力を感じる。

「青梅（おうめ）警察署に連絡して、パトロールに行かせるそうですよ」

しばらくすると真壁が言った。竹田がそう言ったということだ。

車は市街地を抜けて山へと向かう。

黒い木立の影の向こうに、満月はさらに輝いて、森全体を青白く照らす。

やがて、山の上に建物のシルエットが見えてきた。さらにしばらく走ったとき、

「あと、それに」

思い出したように真壁が言った。

「こんな時間じゃ、行っても車で中には入れませんよ？　入口は鉄の扉だったじゃないで

すか。インターホンを押して、中から鍵を開けてもらわないと入れませんが、どうします？」

縁はおもむろに白髪のウィッグを取ると、地毛をまとめるためのネットで包んで座席に置いた。背中に手を当て、ワンピースのジッパーを下げる。蒲田と真壁がルームミラー越しに後部座席をチラ見する。縁と目が合うと蒲田はすぐに視線を逸らしたが、真壁は眉間に縦皺を刻んで、

「使用前使用後みたいで興味深いですね」

と言った。

「舞台裏が好きな人ってヘンタイだよね」

縁は鼻で笑ってから、するりとワンピースを腰まで下ろした。その下は黒い衣装で、スカートから引き抜いた足も黒かった。タイトな黒いシャツとズボンをズルズルした服の下に着ていたようだ。眉毛と睫が白くなかったら、その姿は帝王アカデミーの社葬に現れた青年に近かった。

「スカートは動きにくいからこれで行く」

「行くって、え？　どこへです？」

「決まってるでしょ。病院だよ。行って犯人を捕まえないと」

その横で、庵堂も上着を脱いでいる。

「不法侵入するんですか」

蒲田が訊くと、

「そうとも言う」

と、縁は答えた。

森の終わりに背の高いフェンスと、奥にそびえる病棟の影が見えてきた。両開きになる立派な門は、前に車が一台駐まっている。多摩ナンバーの軽自動車だ。縁が推測したとおり、すでに秦則子は来ているのかもしれない。

「蒲田さん、方向転換しておいて。パトカーが到着したら事情を話して……」

すると真壁が血相変えて、

「いま不法侵入している最中なので少し待ってくださいとでも言えってんですか？」

「まさか」

縁は真壁にニタリと笑い、助手席のヘッドレストに手を置いた。

「竹田刑事に頼まれて様子を見にきたと言えばいい。軽自動車を見つけたから、ちょうど竹田刑事に電話をするところだったと。そうすれば、あとはこちらでやりますからと向こうが言うから、取材のためにと名刺をもらって、少し戻った先の路肩に駐めて、待っていて」

「秦則子は？　どうするんですか？　捕まえたら警察に引き渡すことになるんじゃ……」

　縁は顔を上げて森を見つめ、

「残念ながら、そうはならない」

　と、静かに言った。

「やっぱり向こうの方が早かった……じゃあね、すぐに戻るから」

　言うが早いかドアが開き、縁と庵堂は暗闇に消えた。

　真壁は気が気でなかった。今までも時々そう思ってきたのだが、雨宮縁は、ガチに、本当に、心底ヤバい奴だぞ、くそう。

「どうするんですか」

　蒲田が心配そうに訊いてくるので、

「とりあえず車の向きを変えよう」

　と、真壁は言った。蒲田が何度も切り返して車の向きを変えているあいだ、真壁は首を伸ばして門の後ろを見ていたが、縁たちの姿はどこにもなかった。

　建物の前庭は所々に薄暗い外灯が点っているが、その光が夜気に霞んで、ホラー映画を観るようだ。周囲は黒い林と夜空ばかりで人の気配すら感じられない。蒲田の車がようやく逆を向いたとき、真壁は微かな違和感が目の端を過ぎったと感じた。

「真壁さん！」

　振り向いた蒲田が小さく叫ぶ。そして立派な病棟のほうではなくて、黒い木立のずっと向こうを指さした。

そこに小さな明かりがあるのだ。揺らめいている。真壁は驚き、確かめるために車を降りた。蒲田も運転席を降りてくる。とたんに森の冷気に包まれ、全身に夜露を感じた。

満月の下。重なる木立のその奥に、オレンジ色の火が燃えている。崖下のイバラの中だ。少しは平らな場所があったのだろうか。本棟と隔離病棟の連絡通路を通ったときには雑木しか見えなかったが、夜に燃える火は遠くからでもよく見える。

はじめは焚(た)き火(び)と思ったが、どうやらそうではないらしい。

あーはははは……と、どこかで笑い声がした。

「山火事でしょうか？　それとも焚き火？」

蒲田は敢(あ)えてそう言った。本当に考えていることはおぞましくて口に出せなかった。その火はウネウネと動いていた。まさか、まさかと思いつつ、炎の中に人影を見てしまったとき、真壁は片手で口を覆った。

「真壁さん。あれ……って……」

「ウソだろ、まさか」

間違いない。燃えているのは人間だ。

その影は、両手を頭上に振り上げて、雨乞(あまご)いでもするかのように踊っている。皮膚を焼く明るさが森を照らして、錆(さび)色になった壁も照らしている。

あーははは……。

パトカーはまだ来ない。

炎の勢いは凄まじく、湿った森の枝を焼く。けれど広がっていかないのは、木々がたっぷりと水分を含んでいるからだ。あれは地衣類と苔に覆われた森。真壁はそれを知っている。脇に建つのは黄色い壁の隔離病棟だ。誰かが隔離病棟の前で、自分自身を燃やしているのだ。

オーマイガッ！　と声がして、渡り廊下に守衛の影が立つのが見えた。そのあとは声にならない雄叫びがして、真壁は病棟へ案内してくれた黒人の守衛を思い出した。

あーはははは……。

甲高くて耳に障る声が森に響いて、頭上に満月が照っている。踊っていた火はいつしか地面に伏して、今は炎の明かりだけが見える。白い煙が森を霞ませ、笑い声はまだ止まず、守衛が放った消火器の粉がまたも炎を映してオレンジ色に舞い上がる。

「あれ……その人でしょうか、それともまさか、雨宮先生ってことは」

蒲田の声が震えている。真壁にどうして答えられよう。見えたのは燃えている人間のシルエットだけなのだから。

二人で呆然と並んで森を見守っていると、バタンと車のドアが閉まった。気がつけば、縁と庵堂が戻って来ている。真壁らは慌てて車に乗った。

「無事だったんですね」

　と、真壁が言った。

「見ましたか？　森で誰かが焼身自殺を」

　蒲田も言うと、

「秦則子だよ」

　と、縁が答えた。

「吉井加代子の部屋から見える場所まで行って火を点けた。あの場所が則子の神殿だ。則子はそこから加代子を拝んでいたんだよ」

「ええ……もう……わけがわからないんですけどね」

　真壁は心臓がバクバクしてきた。

「ご褒美だよ。真壁さんが面会したとき、吉井加代子の部屋に窓はあった？」

　真壁は少し考えて、

「ありましたけど、ボードで塞いでありましたよ」

　と、言った。窓はたしかに病室内部から塞がれていた。治療のためだと思っていたが、吉井加代子がやったのか。縁はチラリと真壁を見つめ、冷ややかな声で言う。

「一人殺せば加代子を拝める。二人殺せば……なんだろう？　なんでもいいけど、加代子はわざと窓を塞いで、ハンターが命令通りに事件を起こしたときにだけ、褒美として姿を現したんだよ。満月の夜に、自分の部屋から」

あの窓に加代子が立てば、焼身自殺の場所から見える。たぶんそうだ。間違いない。

「いや……でも……どうするんです？　警察に……」

「もう連絡が行ってるはずだよ」

縁は肩に付いていた枯れ葉をつまんで外に捨て、

「蒲田さん、帰ろう」

と、言った。

「え？　警察を待たないんですか？　さっきは……」

「我々がここにいても話がややこしくなるだけですからね。戻った先に脇道があります。そちらへ入ればパトロール隊とかち合うことなく市街地へ抜けられます」

もはや何をか言わんやだ。助手席の真壁も蒲田を急かす。

「蒲田くん。行こう。急ごう」

蒲田は車を発進させた。狭くて暗い坂道を下りながら、真壁や蒲田は、背後の病棟からいつサイレンの音が聞こえてくるのだろうかとビクビクしたが、そうした気配はついになかった。まんまと脇道に入ってからも、パトカーの明かりすら見えてこなかった。車が石を踏む音と、夜風以外の音はせず、車の中は異様に静かだ。

黒い森で踊っていた火と、不気味に甲高い笑い声だけが、真壁たちの脳裏で暴れていた。

「秦則子は自殺ですか？　それとも……」

しばらくしてから蒲田が訊いた。

「車のガソリンを使った焼身自殺だ。給油口が開きっぱなしだったからね」

「あの一瞬でそこまで確認したんですか？　じゃあ、門の前に駐まっていた軽自動車は、秦則子の車で間違いないってことですか？」

「おそらくはそうでしょう。今はどこに勤めているのか知りませんが、ここへ通うには車が必要ですし、こんな道ですから、軽自動車の、しかも四駆が望ましい。あの車はそうでした」

「焼身自殺用にガソリンを買ってこなくても、知識さえあれば車から抜ける。方法は吉井加代子が教えていたかもしれないし……焼身自殺の話を聞かせて、なかなかできないことだとか、崇高な精神だとか、対抗意識を持たせておいたんじゃないのかな」

「うう……なんか……人間不信になりそうですけど……」

酷く落ち込んだ声で蒲田が呟く。

「結局は、先生たちが止めようとしても間に合わなかったんですね」

真壁も言った。溜息交じりに。

「助けに行ったわけじゃないから。火を被る前ならなんとかできたかもしれないけれど、ガソリンは危険だよ」

「え、じゃ、なにをしに行ったんですか」

すかさず蒲田がそう訊いた。まさか、リアルな描写を求めて、近くまで見学に行ったわけじゃないよなと、心の中では思っていた。それをやりかねないから、作家というヤツは怖いのだ。

「先生、教えてくださいよ。ここまで付き合ったんですから。まあ、俺の車じゃないですけど」

焼身自殺を見たショックを振り払おうとするように、真壁の声には力がこもる。

すると、縁より先に庵堂が言った。

「ここへ来たとき自死の可能性は考えていましたが――」

「あと、犯人が加代子に殺される可能性もね。疑っていた」

「――まさか焼身自殺するとは思ってもいませんでした。でもまあ、この時間だと院内には入れないので、あれが一番いいアピールだったのでしょう。もちろん秦則子にとっては、ですが」

「答えになっていませんよ」

と、真壁が言うと、

「せっかちだなあ」

と、縁は笑った。

「真壁さんだって全容を把握しておかないと、いつか本にするとき困るでしょ？　ボクらは狩りの失敗の責任を、ハンターが取るだろうとは思っていたけど、ハンターが秦則子だったと気がつくのが遅すぎたから、焼身自殺までは予測できなかったんだよ。もしも、あと一日早く正体に気がついていたら、死ぬのを止められたかもしれないけれど、それだって死ぬまでの時間を少し延ばせた程度だと思う。彼女が自死をする筋書きは変えられなかったと思うんだ」

「えぇぇ……」

と、蒲田が小さく唸った。

「それほどにハンターは、吉井加代子を神のように崇拝していたんだよ。真壁さんの見た面会者の記録に彼女が名前を書き込んだ頃が今回の狩りの始まりだったと思うんだ。秦則子はハンターとして女性を狩る許可を得た。そしてその後は面会を禁じられた」

「なんのために、ですか」

と、蒲田が訊いて、

「警察に吉井加代子との関係を気取られないためですよね」

と、真壁が言った。

「警察ではなく、月岡玲奈に知られないためだったと思います」

庵堂が答え、縁も静かに頷いた。

「彼らは警察を舐めている。吉井加代子の世界に存在するのはハンターと獲物だけで、ハンターは二人しかいないんだ。実行犯はハンターという名の雑魚で、本物のハンターは二人だけ。吉井加代子と月岡玲奈だ」

「……ええ……」

と、蒲田はまたも唸った。

「もしも今回の計画が事前に玲奈にバレたなら、実行前に妨害されて、加代子はマウントを取れなくなる。だから秦則子をハンターにしたとき、その後の面会を禁じたんだよ」

「けれど、則子は加代子に依存していますから、狩りが成功したときにだけ、焼身自殺したあの場所で、姿を拝ませてやると約束したのだと思います。おまえ以外には姿を見せない。おまえは自分にとって特別なのだと言って」

「狩りに成功した場合、秦則子は戦利品を見せに来たはず。もしも今夜ボクが殺されていたのなら、白髪の束を抱えてあの場所に立ったことだろう。でも狩りは成功しなかった。そこでハンターは、自分自身を神に捧げた」

「満月ではなく、吉井加代子に捧げていたってことですか」

「満月はハンターの衝動だ。加代子はそれを利用したんだよ……それで、質問の答えはね」

縁は後部座席で姿勢を正し、誠実な目でルームミラーの蒲田を見つめた。

「防犯カメラというか、隔離病棟の監視映像を取りに行ってきたんだよ」

そして、こめかみのあたりに持ち上げたメモリチップを左右に振った。

「なんのために映像なんか」

答えたのは庵堂だ。

「真壁さんのお供をしたとき、見たんです。あの部屋へ行くには何度も鍵を開け閉めしなければならないので、守衛室を出ずに吉井加代子の様子がわかるように工夫されていた。俺たちは今夜の加代子の動きを知るために監視カメラの映像が欲しかったんです」

守衛が消火器を持って飛び出して来たのは、真壁も蒲田も見て知っている。つまり縁と庵堂は、その隙を突いて守衛室に入り込んだということか。イバラだらけの藪(やぶ)を這(は)い上がり、連絡通路の下をくぐって。

現場の様子を知らない蒲田が無邪気に訊いた。

「でも、やっぱりぼくには訳がわかりません。監視映像を手に入れて、どうするつもりなんですか？　真壁さんの本に写真を載せる？　それは肖像権の問題もあるでしょうし」

「ボクが欲しかったのは、吉井加代子こそがハンターを操っていたという証拠だよ。それがなければ秦則子と吉井加代子の関係も、ただの臆測に過ぎなくなるから」

「たしかに。竹田刑事ならこう言うでしょう。オメエらは捜査を舐めてんのかと」

「いや、でも、それよりも、ぼくはどうして雨宮先生が、そこまで相手の気持ちをわかるんだろうと……そっちのほうが不思議だし、怖いです」

蒲田が正直な意見を述べると、縁は薄く笑って、

「ボクもサイコパスだから」と言い、

「そう答えるのが一番理解しやすいでしょう？」

と、蒲田に訊いた。蒲田は答えず、黙っていた。

「とにかく。二人のおかげで思いがけない映像が手に入ったよ」

ルームミラーで真壁と目が合うと、縁はニタリと笑って見せた。庵堂が言う。

「あの病院はアカデミーの経営で月岡玲奈が責任者ですから、守衛室の監視映像は単なる見張り目的です。よって隔離病棟内の映像が外部に漏れることはない。だからこそ吉井加代子のすべてがわかるというわけですね」

「それ以上のこともね」

縁はチップをスマホにつなぎ、助手席にいる真壁に渡した。真壁が小さい画面を覗いてみると、そこには臙脂(えんじ)色のつなぎを着たおぞましい女と、月岡玲奈が映っていた。

「あの瞬間のリアルタイムの映像だ。よく見てよ。玲奈は母親と一緒に檻(おり)の中にいて、守衛も監視していない。玲奈だけは母親から直接危害を加えられない存在だからだ」

二人は窓辺に立っている。訪問時にボードで塞がれていた窓だ。森がチラチラ明るく

て、母子は並んで外を見ている。音声はないが、加代子は上体を仰向けて笑っているように見える。真壁は森に響いた笑い声が聞こえる気がした。玲奈のほうは動いていない。廊下に立たされた生徒のようにじっとしている。

「森を見ているようですね」

と、真壁は言った。

「信奉者がその身を捧げるのを見ているんだよ」

「加代子が玲奈に見せていると、雨宮は考えているようです」

「これが先生の言うマウントですか」

縁が答える。

「秦則子の今夜の失敗を、加代子は予測していたのかもしれない。だから玲奈を呼びつけていた。ハンターの自殺を見せるために。焼身自殺をハンターに刷り込んで」

「どうやって？　そんなこと、できるんですか？」

「加代子ならなんでもできるさ。たとえば……自らに火を着けた人の話や、それとわかる資料をテーブルに置き、秦則子が面会に来たときに話をするんだ。それがどれほど崇高な行為か、自分がどれほどその行為を尊敬するか話して聞かせる。車のタンクからガソリンを抜く方法も、失敗しないで燃え尽きる方法も、別の機会に話しておく。決して自殺は勧めずに、あなたや私にはできないことよと囁き続ける」

「なんか……詳しく聞けば聞くほど吐き気がしますね」

と、蒲田は言った。

「蒲田さんの反応は正しいよ。でも、加代子の価値観は違うんだ。ハンターの死に方がショッキングであればあるほど、玲奈にマウントを取れるから」

「親子なのにマウントって……しかも人殺しでマウント……」

蒲田の声が萎えていく。

「二人は一卵性母子なんだよ。だから力の均衡が崩れたら、互いに牙を向き合うのかも」

「雨宮は勝算が見えたと言っています」

山道の下に見えてきた街は月明かりに青く霞んでいる。散らばる宝石さながらに街灯の光が瞬いて、人々の営みが温かく胸に迫ってくる。真壁はスマホを縁に返し、縁はそれをどこかへしまった。

蒲田はそのまま黙ってしまい、庵堂は脱いでいた上着を羽織りなおした。

車内の会話は止まったが、真壁と蒲田は、ほぼ同じことを考えていた。

竹田刑事はハニー・ハンターの正体を知る。ハンターの身体は燃えたとしても、秦則子の自宅を捜索すれば、被害者たちのＤＮＡや、部位を保管していた容れ物など、犯行の痕跡が見つかるだろう。そしておそらく、現行犯逮捕できなかったことを責められる。

前方に広がる夜景の中にも、まだハンターは潜んでいるのか。

警察でもないのにハンターを狩るなんて、自分たちにできる自信はないと。

雨宮縁は何者か。その秘書である庵堂は。真壁と蒲田はそれが知りたい。この、危険で魅力的な二人に惹かれていくほど、自分たちが追い詰められる予感がしていた。

真壁がわずかに窓を開け、車内に夜風が吹き込んだ。

その風に乗って、遠くから、ようやくサイレンの音がした。

警察が病院に駆けつけたとしても、吉井加代子と玲奈は何事もなかった振りをする。特に経営者の月岡玲奈はこう言うだろう。

焼身自殺は施設の外で起きたこと。土地鑑のあった犯人が、人目を憚るために来て、森の中で死んだだけだと警察に話し、記者にも話す。

とても心が痛みます。被害に遭われた方々、ご家族、知人の皆様には心よりお悔やみ申し上げます。犯人のことは存じませんが、当院のスタッフとして働いていたときにはなんの問題も起こしていないと聞いています。もしも病院が開いている時間であったら、私どもから警察へ連絡申し上げられたはずですのに、残念です。

ハンターを狩るハンターになると縁は言った。だからハンターたちの心の動きを知らねばならない。闇を覗いて価値観を共有し、それを利用する術を身に着けるのだ。

「先生……」

と、真壁が振り向いたとき、縁は庵堂の肩に頭を預けて眠っていた。

真っ白なその顔を見て、この青年は誰なのだろうと真壁は思った。

エピローグ

春の嵐が近付いているという。

ノンフィクション部門の本業以外に雨宮縁の編集まで務める真壁は多忙を極めて、仕事ごとに色を変えた付箋紙の厚みでついにスケジュール帳が変形していた。取材元からの問い合わせ、本の手配に営業との打ち合わせ、ライターのスケジュール調整にゲラの確認、さらには『スマイル・ハンター』の刊行に向けて書店から依頼されるサイン本の集計も進めている。うんざりするほどメールが溜まり、その何割かは仕事に直接関係のないもので、かといって無視することもできず、真壁はいちいち開いて確認し、緊急性のあるものにのみ印をつけて、また閉じた。

ああそうだ、雨宮先生の事務所が近くなったから、サイン本の作成には都合がいいと一瞬思い、サイン本は黄金社で作るのだから、自分の労力に変わりはないと気付いて凹んだ。むしろ勝手な都合で呼び出され、雑務が増えた分だけ大損だ。注文分の冊数を計算していると、デスクでスマホが鳴り出した。

スマホ画面には見知らぬ番号が表示されている。都内からのようである。

はて。誰だったろうと電話に出ると、

「そちら、黄金社の真壁さんの電話でしょうか？」

と、老人の声がした。

「そうですが」

「突然お電話してすみません。私は、元一橋社で編集をやっていました志田泰平という者ですが」

片桐寛氏の取材に協力してくれた浅草の小説学校の講師であった。

「ああ、どうも。その節は」

思わず頭を下げて言う。そして真壁は、

「どうされましたか？」

と、相手に訊ねた。

「いえね。真壁さんと話した後で、現役時代のことが無性に懐かしくなりまして……年寄りの冷や水と思ってもらってかまわないんですが、今では時間を持て余しているような状態で、だから片桐先生の論文などを持ち出して、読んでみたりしたのです」

「はあ」

「やっぱり仕事があるというのはいいですなあ。あの頃は忙しいと文句ばっかり言ってたような気がしますがね、今にして思うと、懐かしいような苦しいような、楽しいような気がしてきます。ああ、これはいけない。お仕事の邪魔をして」

「いえ。私も大先輩と話せてよかったですよ」

「嬉しいことを言ってくださる。また話が脱線してもいけないので申し上げますけど、あの晩、私は、片桐先生が他の学者さんを紹介してくれて、営業成績がよかったという話をしたじゃないですか」

「拝聴しました」

「それでね、昔の本を見ていたときに、ふと思い出したことがあったんです。これは……」

と、志田は間を持たせ、

「真壁さんのノンフィクション本に役に立つかどうかわからないんですけど」

「どんなお話でしょうか」

真壁はメモ用紙を引き寄せた。ペンを握って待っていると、志田が言う。

「片桐先生のお家は、あんな事件がありましたがね、先生に紹介して頂いた学者さんにも、事件がらみの方がおられたもので」

「え。それはどういう……」

「再生皮膚の権威だった先生ですよ。特殊な世界の話でご存じないかと思いますが、その道では有名な方で、お人柄もね、片桐先生のように素晴らしい人でした。それなのに」

志田は憚るように声をひそめた。

「スタッフの女性を殺して自殺したのです。実はその方なんですよ。片桐先生に紹介して頂いて、本を出版した先生は」

「その先生のお名前は？」

ちょっと待ってくださいよ。と、志田は言い、なにかをめくる音がした。

「庵堂昌明先生ですね。亡くなったスタッフが桐生月子さん。いえ、もしやなにかのお役に立てるかと思ったもので。必要がなければ忘れてください」

庵堂……月子……メモを取るのも忘れて真壁は志田の声を聞いていた。

月子を殺して自殺？　学者の名字が庵堂だって？

「ああ、どうも。余計なお喋りだったようですな。失礼しました」

「いえ。志田さん」

と、真壁は慌てて言った。

「知らせて頂き感謝しています。あの……もしも他になにか思い出したことがあったら
……」

「はいはい。また連絡させて頂きますよ。それでは、どうも」

スマホを切ったとき、真壁は縁のことを考えていた。

庵堂昌明。彼のことを調べれば、まさか……秘書の庵堂の素性がわかるのか。そして庵堂の素性がわかれば、縁の正体に辿り着くのか。

雨宮縁と月岡玲奈の関係も、きっとわかるはずだと思う。

虫コブ自体を操っているのは、植物か、虫なのか。

真壁は不意に、志田から聞いた片桐涼真の言葉を思い出した。

そのとき少年を薄気味悪く思ったと志田は言った。そうか、そういうことだったのか。

虫コブはハンター事件の主犯に似ている。入り込み、姿を変えさせ、利益を貪る。

片桐涼真は頭のいい少年だったと志田は言う。もしもその子があの当時、玲奈に宿った吉井加代子に気付いていたとしたならば。玲奈はそれを知ったから、一家を惨殺させたのだろうか。それとも戸籍と財産を手に入れるために恩人一家を襲ったのだろうか。もしくはその両方か。

「ああ、くそう」

と、真壁は呟く。他に語彙を知らないだけで、それは『よっしゃ』に近い呟きだ。

この企画書は必ず通る。役員連中の度肝を抜くぞ。

見上げた窓の向こうは向かいのビルで、その向こうに黒雲が湧き上がっていた。

春の嵐がやって来る。

それは真壁自身にとてつもなく大きな転機を運んで来るような気がした。

夜半に風が強くなり、窓に垂れ下がっている蔦がパタパタと窓ガラスを叩いた。黒い雨合羽に身を包み、庵堂は廃ビルの外側に立って作業をしていた。

取り壊し予定の廃ビルへ、勝手に引き込んだ電線の処理をしているのだ。窓の中では事務員姿の縁が簡易照明の明かりを頼りに、片付けをしていた。そうは言っても大した作業は必要ない。自分たちが触ったかもしれない場所を拭き上げて、指紋等の痕跡を消すだけだ。

庵堂は電線の処理を終え、窓を叩こうとして縁を見た。古臭いデザインの事務服を着て、ボサボサの髪に手ぬぐいを巻き、靴下履きで作業する縁は、どこをどう見てもダサいオバサンだ。フードから滴る雨が目に入り、庵堂は溜息を吐いた。

あいつと関わるときはいつも、ひどい雨降りだ。

貴一、貴一、ちょっと来てくれ！

論文を読んでいるとき、父親がドアを叩いた。父が平手で激しくドアを打つなんて、あれが初めてだった気がする。慌てて部屋を出てみると、父親は血相を変えて廊下を戻って行くところだった。

来てくれ！　手伝ってくれ。それは切実な声だった。玄関を飛び出して病棟へ走って行く間に、雨で体がずぶ濡れになった。そうだった……慌てすぎて傘もささずに出ていったんだ。

真夜中を過ぎ、明け方だったと思う。救急外来に警察官と、刑事らしき男たちが立っていた。救急隊員のストレッチャーには、血まみれの子供が二人乗せられていた。なにかの事件の被害者だが、大きな病院へ救急搬送するまでもたないだろうとの判断で、打診を受けた父が応急処置を引き受けたのだ。子供たちは二人とも真っ白な顔をしていた。一目見て、どちらもダメだと思った。

意識は戻りそうですか？　話を聞けそうですか？

刑事が訊いて、父は怒った。

わかりませんよ。それより助けるのが先です。

うちは小さな病院だ。医師たちは帰って、人手もなかった。スタッフが戻るのを待つ間にも、小さな命は失われるだろう。

貴一、手術を手伝ってくれ。おまえが外科医でよかったよ。

十時間以上にも及ぶ手術の果てに、一人が死んだ。死んだ一人の臓器を使って、もう一人を助けようと父は言った。大切なのは助けることだ。今ある命を助けることだ。

庵堂は窓を叩いた。縁が振り向き、窓辺に近付く。

その後は、必死だったことしか覚えていない。夜が明け、朝になり、昼近くまで処置は続いた。スタッフが出勤してきて、賑やかになっていく病院内にも気付くことなく作業を進めた。ようやく手術室を出ると、廊下で刑事が待っていた。

助かりますか。

父は言った。女の子はダメでした。もう一人の命も保証できません。

ガタ、ピシ！　と音を立て、縁が窓を開けてくれると、風と雨が室内に吹き込み、経年劣化で固くなったカーテンがゴソゴソ揺れた。窓枠に手を掛けて、庵堂は再び室内へ入り込んだ。雨合羽から水が滴り、床に水溜まりを作っていく。フードを脱ぐと前髪が濡れていて、縁がくれたタオルで顔を拭きながら、合羽を脱いだ。

「終わった？」

と、訊きながら、縁は自分が触れた窓枠を拭う。床をびしょ濡れにしながらも、庵堂は脱いだ合羽をゴミ袋に収納した。

「すみました。もう電気は点きません」

「用がないからそれでいい」

床の水溜まりを縁は見つめ、

「このままでいいよね。壊すんだし、拭いてしまうと不自然だから」

と、呟いた。

「そうですね。窓が古いので隙間から水が入ったか、雨漏りしたと思うでしょう」

「雨漏り？　四階ビルの二階なのに」

事務員の顔で縁が笑う。暴漢に侵入されて窓から逃げる羽目にならずによかったと庵堂は思う。それにしても、くるぶしまでの靴下と紺色のサンダルなんて凄いセンスだ。

「そのダサい恰好が気に入ったんですか？」

と、訊いてみた。見慣れてしまえば似合っている。

「雨宮縁の本体をどうするか、いつも考えるけど……だんだん自分でもわからなくなってきた」

庵堂は鼻で笑った。

今夜ここを出ていけば、廃ビルにいた事務員はこの世から消えて、二度と現れることはない。響鬼文佳も、キサラギも、大屋東四郎も同じこと。片桐家の長男涼真と次女の愛衣が消え去ったように、雨宮縁本人もすでにこの世の者ではないのだ。そんなことを考える。

「真壁さんたちをどうするつもりなんですか？」

室内の明かりは心許ない。その明かりにぼんやりと事務員の縁が浮かんでいる。

「なぜそんなことを訊く？」

　庵堂は答えた。

「いえ。思いがけず優秀だから」

　風が窓を叩いている。今夜は埃やカーテンの匂いの他にも、古い建物に染み込んだ水分と黴の臭いがしている。考えあぐねる縁に庵堂は言う。

「薬はちゃんと飲んだんですか？」

　縁は庵堂に目を向けた。ダサいメガネが光を反射し、瞳の色が庵堂には見えない。

「珍しく優しい言い方をするんだね」

　辛うじて呼吸だけしている古時計が、針を震わせてカチカチ鳴った。それと知らなければ幽霊のすすり泣きだと思うだろう。

　少女の内臓を抱えた少年。それは少女か、少年か。それとも新しい誰かであるのか。庵堂は明かりを手にして、縁がまとめた回収品を別の手に持った。

「約束の前に死なれちゃ困るからですよ」

　そして縁をエスコートして、真っ暗な廊下へ出て行った。

　埃だらけの階段を下り、一階の素通し通路で、ポストに貼ったシールをすべて剝がした。風は強く吹き荒れて、目も開けられないほどだ。庇うように事務員の体を引き寄せたとき、庵堂はまた、ロサンゼルスのスキッド・ロウを思い出していた。

to be continued.

一〇〇字書評

ハニー・ハンター

切り取り線

購買動機（新聞、雑誌名を記入するか、あるいは○をつけてください）	
□（　　　　　　　　　　　　　）の広告を見て	
□（　　　　　　　　　　　　　）の書評を見て	
□ 知人のすすめで	□ タイトルに惹かれて
□ カバーが良かったから	□ 内容が面白そうだから
□ 好きな作家だから	□ 好きな分野の本だから

・最近、最も感銘を受けた作品名をお書き下さい

・あなたのお好きな作家名をお書き下さい

・その他、ご要望がありましたらお書き下さい

住所	〒				
氏名		職業		年齢	
Eメール	※携帯には配信できません	新刊情報等のメール配信を 希望する・しない			

この本の感想を、編集部までお寄せいただけたらありがたく存じます。今後の企画の参考にさせていただきます。Eメールでも結構です。

いただいた「一〇〇字書評」は、新聞・雑誌等に紹介させていただくことがあります。その場合はお礼として特製図書カードを差し上げます。

前ページの原稿用紙に書評をお書きの上、切り取り、左記までお送り下さい。宛先の住所は不要です。

なお、ご記入いただいたお名前、ご住所等は、書評紹介の事前了解、謝礼のお届けのためだけに利用し、そのほかの目的のために利用することはありません。

〒一〇一‐八七〇一
祥伝社文庫編集長　清水寿明
電話　〇三（三二六五）二〇八〇

祥伝社ホームページの「ブックレビュー」からも、書き込めます。
www.shodensha.co.jp/bookreview

祥伝社文庫

ハニー・ハンター　憑依作家（ひょういさっか） 雨宮縁（あまみやえにし）

令和 4 年 6 月 20 日　初版第 1 刷発行

著　者　内藤（ないとう）　了（りょう）

発行者　辻　浩明

発行所　祥伝社（しょうでんしゃ）

東京都千代田区神田神保町 3-3

〒 101-8701

電話　03（3265）2081（販売部）

電話　03（3265）2080（編集部）

電話　03（3265）3622（業務部）

www.shodensha.co.jp

印刷所　堀内印刷

製本所　ナショナル製本

カバーフォーマットデザイン　芥 陽子

 ISBN978-4-396-34814-4 C0193

祥伝社文庫の好評既刊

石持浅海　彼女が追ってくる

かつての親友を殺した夏子。証拠隠滅は完璧。だが碓氷優佳は、死者が残したメッセージを見逃さなかった。

石持浅海　わたしたちが少女と呼ばれていた頃

教室は秘密と謎だらけ。少女と大人の間を揺れ動きながら成長していく。名探偵碓氷優佳の原点を描く学園ミステリー。

恩田　陸　不安な童話

「あなたは母の生まれ変わり」――変死した天才画家の遺子から告げられた万由子。直後、彼女に奇妙な事件が。

恩田　陸　puzzle〈パズル〉

無機質な廃墟の島で見つかった、奇妙な遺体！　事故？　殺人？　二人の検事が謎に挑む驚愕のミステリー。

恩田　陸　象と耳鳴り

上品な婦人が唐突に語り始めた、象による殺人事件。彼女が少女時代に英国で遭遇したという奇怪な話の真相は？

恩田　陸　訪問者

顔のない男、映画の謎、昔語りの秘密――。一風変わった人物が集まった嵐の山荘に死の影が忍び寄る……。

祥伝社文庫の好評既刊

楡 周平
介護退職（かいごたいしょく）

堺屋太一氏、推薦！　平穏な日々を崩壊させる〝今そこにある危機〟を真正面から突きつける問題作。

楡 周平
和僑（わきょう）

プラチナタウンが抱える人口減少という未来の課題。町長が考えた日本を明るくする次の一手とは？

楡 周平
国士（こくし）

日本一を摑んだリストラ経験者たちがフランチャイズビジネスの闇に挑む！　心が熱くなるビジネスマン必読の書。

門井慶喜
かまさん 榎本武揚（えのもとたけあき）と箱館（はこだて）共和国

最大最強の軍艦「開陽」（かいよう）を擁して箱館戦争を起こした男・榎本釜次郎（かまじろう）武揚。幕末唯一の知的な挑戦者を活写する。

門井慶喜
家康、江戸を建てる

湿地ばかりが広がる江戸へ国替えされた家康。このピンチをチャンスに変えた日本史上最大のプロジェクトとは！

柴田よしき
ゆび

東京の各地に〝指〟が出現する事件が続発。幻か？　トリックか？　やがて〝指〟は大量殺人を目論（もくろ）みだした。